UNE CARAVANE EN HIVER

Hors-série
Sous la direction de Natalie Beunat

ISBN : 978-2-74-852492-5

92, avenue de France, 75013 Paris

Loi n° 49-956 du 16 juillet 1949
sur les publications destinées à la jeunesse,
modifiée par la loi n° 2011-525 du 17 mai 2011.

Mise en pages : DV Arts Graphiques à La Rochelle
Dépôt légal : mars 2018

BENOÎT SÉVERAC

UNE CARAVANE EN HIVER

SYROS

Ce roman est dédié aux bénévoles
du Secours Populaire de Toulouse.
Qu'ils soient remerciés pour le travail qu'ils mènent,
entre autres, auprès des réfugiés Syriens
fuyant la guerre.

À Jules et à Jeanne. À Maïté.

1

Lorsque Jean Pouzauges s'effaça pour laisser entrer Étienne et Mireille Hacquard dans son bureau, il les sentit mal à l'aise. On aurait dit qu'ils avaient honte d'être là, comme quand on va en catimini chez un sexologue ou une cartomancienne.

À l'instar de la plupart de ses clients, sans doute mettaient-ils les pieds dans une agence de détective privé pour la première fois ; ce métier méconnu avait souvent mauvaise réputation.

Jean Pouzauges les étudia rapidement. C'était un couple de quarante ou quarante-cinq ans, vêtu élégamment. Des gens aisés.

Il s'installa à son bureau et les invita à s'asseoir en face de lui.

À sa question traditionnelle : « Alors, que puis-je pour vous ? », madame Hacquard répondit du bout des lèvres, comme si elle s'excusait :

– C'est pour notre fils.

– Quel âge a-t-il ?

– Seize ans.

Jean Pouzauges attendit qu'elle poursuive. Comme ça ne venait pas, il demanda :

– Qu'est-ce qui lui arrive ?

– Son père et moi pensons qu'il se fait racketter.

– Qu'est-ce qui vous fait croire cela ?

C'est monsieur Hacquard qui répondit :

– Nous nous sommes rendu compte qu'il avait vidé son livret A, petit à petit, au cours des deux derniers mois.

– Il y avait combien, sur ce livret ?

– Près de deux mille euros !

Étienne Hacquard s'étrangla presque en annonçant la somme.

– Et puis, nous avons remarqué que certains billets disparaissaient mystérieusement de nos porte-monnaie, reprit son épouse.

– À combien estimez-vous le montant de ces... détournements en espèces ?

– C'est difficile à dire. Cent ou deux cents euros.

Le détective privé commença à prendre des notes.

– Et même de la nourriture ! ajouta Mireille Hacquard.

– De la nourriture ?

Elle acquiesça.

Le stylo de Jean Pouzauges resta suspendu en l'air pendant plusieurs secondes. Cette dernière information ne collait pas avec la théorie du racket. Elle ne collait avec rien, à vrai dire.

Le détective essaya d'amener le plus diplomatiquement possible la question que les parents n'aimaient pas entendre :

– Votre fils a-t-il déjà consommé des substances illicites ?

– Je vous demande pardon ?

– De la drogue. Est-il possible que votre fils se drogue ?

Il n'avait pas dû faire preuve du tact requis car à peine avait-il prononcé le mot tant redouté que les parents le fusillèrent du regard.

– Malheureusement, il faut tout envisager, se justifia-t-il.

– Sachez que notre fils est tout ce qu'il y a de gentil et de bien éduqué. Jamais il ne fait d'histoires, jamais il ne désobéit, jamais il ne nous ment.

Jean Pouzauges n'insista pas, mais si ce qu'elle affirmait était vrai, alors que faisaient-ils dans son bureau ?

– De surcroît, il est très sportif. Il ne fume même pas de cigarettes, alors de la drogue…

Mireille Hacquard joignit le geste à la parole pour laisser entendre que l'idée était saugrenue.

– Quel est le prénom de votre fils ?

– Arthur.

– Arthur. Et vous habitez… ?

– Ici même, à Toulouse.

– Quelle est votre adresse exacte ?

– Nous sommes au 45, rue de la Balance.

Jean Pouzauges leva un sourcil interrogateur.

– Elle donne sur la rue des Chalets.

– Je vois. Et vos revenus ?

– Nos revenus ?

– Quels sont vos revenus, approximativement ?

– Mon mari gagne très bien sa vie. Il est expert-comptable. Quant à moi, je tiens une boutique de compositions florales.

– Expert-comptable et commerçante, répéta Jean Pouzauges en précisant ++ à côté de *revenus*.

– Où est-ce que votre fils fait ses études ?

– Au lycée Bellevue.

– Ce n'est pas la porte à côté, ça ! Il doit traverser tout Toulouse. Pourquoi pas à Saint-Sernin ?

– Parce que Bellevue propose l'option sport. Je vous l'ai dit, il est très sportif.

– Quelles activités pratique-t-il ?

– Un petit peu de tout, mais principalement du rugby.

Cet élément ne correspondait pas non plus à un racket classique. Dans ce genre d'affaire, le profil type de la victime est l'adolescent fragile et isolé. Or les rugbymen vont en groupe et sont des gaillards à qui on cherche rarement des noises.

– Comment sont ses résultats scolaires ?

– En baisse depuis quelque temps.

– Vous avez cherché à lui parler de ces *disparitions* ? du fait qu'il avait vidé son livret A ?

– C'est-à-dire...

Mireille Pouzauges se mordit les lèvres et ne finit pas sa phrase.

– Notre fils est très sensible, dit son mari. Pour tout vous avouer, s'il apprend que nous avons fouillé dans ses affaires et découvert qu'il a retiré toutes ses économies, nous craignons qu'il n'ait le sentiment que nous avons trahi sa confiance.

En temps normal, Jean Pouzauges aurait accordé peu de considération à des parents soucieux de ne pas froisser la susceptibilité de leur gamin qui piochait dans leur porte-monnaie. « C'est le monde à l'envers ! » aurait-il pensé. Mais, en l'occurrence, son instinct lui dictait que les Hacquard n'avaient peut-être pas tort de chercher à préserver la relation de confiance qu'ils avaient avec leur fils. De nombreux parents pouvaient être dupes, mais pas ceux-là. Ils ne comprenaient tout simplement pas ce qui arrivait à leur fils, sans pour autant nier qu'il y avait un problème. Quant à Arthur, il n'avait pas le profil de l'adolescent en rupture avec sa famille. Cette affaire commençait à intéresser le détective.

– Qu'attendez-vous de moi, exactement ?

– Que vous agissiez discrètement à la source, sans qu'il soupçonne votre intervention. Nous sommes certains que ça se passe au lycée. Il faut dire que la discipline dans les établissements scolaires n'est plus ce qu'elle était, et Bellevue est un véritable moulin.

– Vous avez pris contact avec ses enseignants ou la direction ?

– À quoi bon ? Ils ne prennent déjà pas le temps de vérifier la présence des élèves en cours, alors...

Le détective commença à élaborer un plan.

– À partir d'aujourd'hui, vous allez laisser traîner votre argent quelque part en évidence. Surveillez le contenu de votre porte-monnaie tous les matins après le départ de votre fils pour le lycée, et prévenez-moi dès que vous remarquez la disparition d'un billet.

– Vous voulez lui tendre un piège ?

– Je vais le suivre, pour commencer. Mais je serai particulièrement attentif le jour où je saurai qu'il s'est servi dans votre porte-monnaie.

– C'est tout ?

– En parallèle, je vais mener ma petite enquête. Nous ferons le point dans une semaine.

Jean Pouzauges observa Étienne et Mireille Hacquard par la fenêtre, alors qu'ils s'éloignaient dans la rue. Ses clients avaient eu l'air perplexes en quittant son bureau.

En suggérant un scénario pire que ce qu'ils avaient imaginé – leur fils drogué et non pas victime d'un racket –, il leur avait donné des raisons de douter de ses compétences. Des parents préfèrent remettre en question le porteur de mauvaise nouvelle plutôt que leur chère progéniture. Le détective connaissait ce phénomène. Ça s'appelait le déni.

Pourtant, dans le cas d'Arthur, la drogue était une piste à laquelle Pouzauges ne croyait pas lui-même.

2

Dès le lendemain, le détective se mit à filer le jeune Hacquard sur son trajet domicile-lycée. C'était un grand blond qui avait hérité de la carrure de son père. Il avait encore un visage poupon, mais la pratique du rugby lui avait donné un corps d'homme et une démarche pleine d'assurance. Il ne roulait pas des mécaniques, mais il n'avait pas non plus l'attitude d'un jeune, victime de harcèlement.

Jean Pouzauges nota son itinéraire, ses arrêts, ce qu'il faisait une fois dans le métro et à qui il parlait.

Arthur avait ses petites habitudes : il s'installait systématiquement à la même place, dans la partie arrière de la deuxième rame.

À l'aller, il montait à Minimes-Claude-Nougaro, mettait ses écouteurs et lisait un roman jusqu'à la station

François-Verdier où il était rejoint par un camarade qu'il saluait d'un *check*.

Au retour, les deux jeunes gens se séparaient à François-Verdier, et Arthur poursuivait son chemin jusque chez lui. Il rentrait sans traîner.

Dès le mardi, sa mère fournit au détective l'emploi du temps de son fils avec le numéro de ses salles de cours.

Il parvint à le suivre discrètement pendant la journée sans qu'on lui demande ce qu'il faisait dans l'enceinte du lycée. Madame Hacquard n'avait pas tort : personne ne contrôlait les entrées et sorties. Le campus était si vaste – plus de sept hectares – qu'il semblait impossible d'en garder tous les accès.

Jean Pouzauges posa quelques questions aux surveillants en faction aux heures de pointe, observa les fumeurs de cigarettes devant le lycée, ceux qui faisaient les pitres en scooter, ceux qui écoutaient de la musique sur leurs téléphones portables connectés à des haut-parleurs, ceux qui se bécotaient assis par terre jusqu'à la dernière sonnerie… Il repéra même le manège de deux jeunes qui vendaient du shit. Rien de très original en somme ! Rien non plus qui puisse expliquer à ses clients comment leur progéniture avait dilapidé son épargne.

À aucun moment, le fils Hacquard n'agit de façon étrange.

Au bout d'une semaine, les efforts de Jean Pouzauges furent enfin récompensés.

Le lundi suivant, alors qu'il était déjà sur les talons de son rejeton, Mireille Hacquard prévint le détective par texto : deux billets de vingt euros venaient d'être dérobés. Le jeune était tombé dans le panneau ! Il ne restait plus qu'à être particulièrement attentif.

Il ne se passa rien d'inhabituel pendant la journée. Mais le soir, Arthur dévia de sa routine.

Alors qu'il était censé avoir option robotique jusqu'à vingt heures, il quitta l'établissement à dix-sept heures quarante-cinq.

Il passa par la pharmacie la plus proche du lycée, en ressortit quelques minutes plus tard, revint sur ses pas et s'engouffra dans le métro.

Il laissa passer sa station et descendit deux arrêts plus loin.

Le détective ne le lâchait pas d'une semelle.

L'adolescent sortit de la station et emprunta le boulevard Pierre-et-Marie-Curie. Il bifurqua au niveau de l'impasse Barthe et fila en direction du collège Toulouse-Lautrec, qu'il contourna par l'arrière.

Il marchait vite, visiblement familier du chemin, et Jean Pouzauges peinait à garder un contact visuel.

Il faisait déjà nuit et l'éclairage municipal n'était plus aussi dense que dans les quartiers résidentiels. Avant d'atteindre la voie ferrée, Arthur s'engagea sur un sentier à travers un champ en friche. Pouzauges jugea préférable de laisser s'écouler quelques secondes avant de s'aventurer en terrain aussi dégagé.

Il ne s'élança que lorsqu'il fut sur le point de perdre l'adolescent de vue.

Celui-ci longea la voie ferrée pendant une centaine de mètres encore. Il se dirigeait vers une caravane isolée, en contrebas du ballast. Le détective le vit frapper trois coups brefs et entrer. Il s'assura que personne ne pouvait le voir et s'avança à son tour, espérant que la caravane ne serait pas gardée par un chien.

Elle était dans un tel état de délabrement qu'elle aurait pu passer pour abandonnée si une lueur n'était parvenue de l'intérieur, faible et vacillante comme la flamme d'une bougie.

Jean Pouzauges s'approcha de la paroi, autrefois blanche, aujourd'hui recouverte de mousse. Il risqua un œil par la fenêtre, dont le joint de caoutchouc était craquelé, et découvrit le fils de ses clients en train de remettre de l'argent à un gamin de son âge, emmitouflé dans une doudoune trop grande pour lui, portant des mitaines de laine. Le garçon avait la peau mate, et les cheveux qui dépassaient de son bonnet étaient d'un noir sombre. Ça devait être un Rom.

Il n'était pas seul, quelqu'un était allongé dans l'unique lit de la minuscule pièce, mais le détective ne parvint pas à distinguer les traits de son visage.

Voilà donc où passait l'argent de ses clients !

Par prudence, il rebroussa chemin et attendit le jeune homme un peu plus loin, derrière un poteau électrique.

Une heure s'écoula avant qu'Arthur ne ressorte de la caravane et passe à la hauteur de Pouzauges sans le voir. Celui-ci était frigorifié.

Il avait échafaudé toutes sortes de théories pour justifier que le garçon tarde autant. Aucune n'était convaincante. Il ne voyait pas ce qui avait pu pousser Arthur à vider son compte épargne et à en apporter le contenu, semaine après semaine, à ce jeune Rom ou Gitan... Quelle pression celui-ci exerçait-il sur lui ? La menace physique ? Le chantage ? Cela ne tenait pas debout. Quelles informations ces gens pouvaient-ils détenir pour faire chanter un jeune homme de bonne famille comme Arthur ?

Il n'appartenait pas à Pouzauges d'expliquer les motivations de leur fils à ses clients. Son rôle se limitait à trouver où l'argent passait, ce qu'il avait réussi à établir. Il n'avait qu'à rapporter les faits, empocher ses honoraires, et voilà tout.

C'était une affaire rondement menée.

Il emboîta le pas à Arthur qui, sans surprise, marchait en direction de son domicile.

Quand ils furent arrivés à destination, Jean Pouzauges laissa passer quelques minutes avant de composer le numéro de téléphone des Hacquard sur son portable.

– J'ai du nouveau, annonça-t-il après s'être présenté. Ça pouvait attendre demain mais j'ai pensé que vous étiez impatients de savoir.

– Arthur vient justement de rentrer.

– Je sais, je le suivais. Je suis devant chez vous.

– Mais entrez donc !

– C'est-à-dire... Je ne voudrais pas qu'Arthur nous entende, vous disiez vouloir lui cacher votre démarche. Je vous remettrai un rapport écrit détaillé dès demain matin.

– Il est monté dans sa chambre. Ne restez pas dehors.

Quelques secondes plus tard, le portail s'ouvrit sur un petit jardin à la française. Étienne Hacquard attendait le détective sur le perron d'une villa cossue, au bout d'une allée de rosiers. Il le fit passer dans le vestibule où il le débarrassa de son pardessus, puis dans le salon où un feu de bois crépitait dans la cheminée.

Son épouse s'y trouvait. Elle se leva et vint à la rencontre du détective.

– Pouvons-nous vous offrir une boisson ? Quelque chose de chaud peut-être ? proposa-t-elle.

Transi dans son pantalon et ses chaussures humides, Jean Pouzauges ne se fit pas prier.

– Un café, ce ne serait pas de refus.

Mireille Hacquard passa dans la partie cuisine, séparée du salon par un bar américain. Le détective se tourna vers le père d'Arthur qui, d'un geste, l'invita à s'asseoir.

Les deux hommes s'observèrent en silence ; seul le bruit de la machine à expresso leur parvenait. L'instant d'après, Mireille Hacquard posa une tasse devant Jean Pouzauges.

Les deux parents attendaient que le détective s'exprime. L'inquiétude se lisait sur leurs visages. Dans un réflexe, il se tourna vers la porte vitrée du salon pour s'assurer qu'elle était fermée, puis s'éclaircit la gorge.

– Votre fils donne son argent à... des gens.

– Des gens ?

– Des étrangers. Des Roms ou des Gitans. Je n'ai pas leur nom, évidemment. Ils sont deux, je sais où ils habitent. Enfin, quand je dis « où ils habitent »... je devrais dire « où ils vivent ».

– Où ?

– Dans une caravane, près de la voie ferrée, derrière le collège Toulouse-Lautrec.

– Mais pourquoi ? Est-ce qu'ils le menacent ?

– Ce n'est pas l'impression que j'ai eue. Pour en savoir davantage, il faudrait le demander à votre fils.

Les parents se raidirent.

– C'est peut-être prématuré, non ? dit Mireille Hacquard.

Son mari approuva.

– Dans un premier temps, nous devrions essayer d'en apprendre davantage sur ces personnes, dit-il, suggérant par là même que Jean Pouzauges pourrait s'en charger.

Celui-ci n'osa contredire ouvertement ses clients. Il savait d'expérience qu'il n'obtiendrait jamais de renseignements sur des Roms ou des Gitans. Les Hacquard étaient des gens sensés ; ils allaient se rendre à l'évidence. D'ailleurs, Étienne Hacquard se leva et conclut :

– Vous avez raison. C'est à nous de régler cela.

Jean Pouzauges hocha la tête, croyant comprendre que son client avait décidé de parler à Arthur, mais il fut sidéré par ce qu'il entendit ensuite :

– Je vais parler à ces individus.

Monsieur Hacquard se leva, se dirigea vers le hall d'entrée et commença à enfiler son manteau.

– Qu'est-ce que vous avez l'intention de faire ?

– Essayer de comprendre. Si possible récupérer l'argent qu'ils ont extorqué à mon fils et les sommer de le laisser tranquille désormais.

– Rien ne dit que votre fils ait été forcé à faire quoi que ce soit. De ce que j'en ai vu, il était consentant...

– Cela ne change rien. J'ai besoin de comprendre ce qui se passe.

– En ce cas, interrogez d'abord votre fils !

– S'il est consentant, comme vous dites, c'est qu'il est sous influence. Il foncerait prévenir ceux qui le manipulent. Nous perdrions tout effet de surprise. Il faut profiter de la longueur d'avance que nous avons encore.

Le détective se tourna vers madame Hacquard pour qu'elle convainque son mari de ne rien faire. Visiblement, elle-même n'était pas rassurée à l'idée qu'il se rende seul là-bas.

– Attendons demain d'y voir plus clair, dit-elle.

– Tu te vois passer une soirée comme si de rien n'était, dîner avec Arthur en faisant semblant que tout va bien ?

Il consulta sa montre et ajouta :

– Il n'est pas tard. Indiquez-moi l'endroit où se trouve cette caravane.

– Ce n'est pas très prudent, on ne sait jamais comment ces gens-là peuvent réagir.

– Inutile de dramatiser. Je veux juste discuter avec eux.

Son épouse s'agaça.

– Pourquoi prendre des risques, si on te dit que c'est dangereux ?

– Des risques ? C'est ridicule.

Étienne Hacquard enfonça son bonnet, appuya sur le bouton d'ouverture du portail et s'engagea dans l'allée.

Jean Pouzauges se dit qu'il ferait mieux de l'accompagner. De toute façon, avec ou sans son aide, le père d'Arthur trouverait cette caravane. Il lui emboîta le pas, espérant qu'il n'aurait pas à regretter cette décision.

3

Pendant le trajet en voiture, Jean Pouzauges eut beau expliquer au père d'Arthur qu'il s'apprêtait à commettre une bêtise, celui-ci se montra toujours aussi déterminé.

Le détective se rendit compte qu'il risquait de perdre sa licence professionnelle en cas de pépin. Jusqu'au bout, il hésita à demander à descendre pour rentrer chez lui.

Ils se garèrent et empruntèrent le chemin à travers champ à pied. Quand ils arrivèrent à la caravane, Étienne Hacquard écarta le détective d'un bras ferme et ouvrit sans prendre la peine de frapper. La caravane était dans un tel état de décrépitude que la porte sortit de ses gonds.

Jean Pouzauges voulut ceinturer le père d'Arthur pour l'empêcher de pénétrer dans ce qui, techniquement, constituait une propriété privée, mais ce ne fut pas la peine... L'un comme l'autre furent stoppés dans leur élan par le spectacle qui s'offrait à leurs yeux : dans le lit, une femme aussi pâle qu'un fantôme, tremblotante, à demi-consciente. À son chevet, un garçon de l'âge d'Arthur. D'une main, il tenait une cuillère à soupe de sirop dont le contenu s'était renversé, de l'autre un gant mouillé qu'il s'apprêtait à appliquer sur le front de la femme.

Étienne Hacquard, penaud, jeta un regard circulaire sur les banquettes éventrées et la crasse au sol.

Des cris lui parvinrent de l'extérieur. Il se retourna et découvrit son fils qui accourait en appelant « Adnan, Adnan ! » d'un ton affolé. Arthur franchit les trois marches de la caravane d'un bond et fit irruption dans l'espace confiné. Sa mère arrivait derrière ; elle avait pris sa voiture pour les suivre.

– Qu'est-ce que tu as fait ?

Il repoussa son père qui obstruait le passage et se précipita vers le jeune étranger.

– Adnan, ça va ? Tu n'as rien ? demanda-t-il, plein de douceur.

– Non, je vais bien. C'est ton père ?

Arthur acquiesça en posant une main rassurante sur

l'épaule du garçon qui fixait l'adulte, plein de perplexité. Étienne Hacquard se tenait debout, les bras ballants, tout aussi incrédule.

Entre-temps, Mireille Hacquard les avait rejoints.

– Il nous a entendus, répondit-elle à son mari qui semblait lui demander ce qu'ils fichaient là.

Elle découvrit le désordre et la saleté. Son regard alla de son mari à son fils, de son fils au garçon habillé comme un chiffonnier. Puis il se posa sur la femme alitée.

– Qui sont ces gens ? demanda le père d'Arthur.

Il y avait dans sa voix un mélange d'incompréhension et de défiance.

– Ce sont mes amis !

Arthur avait aboyé plus qu'il n'avait répondu.

La femme allongée sous les couvertures fut emportée par une quinte de toux caverneuse qui s'acheva par une espèce d'apnée inquiétante. Tout le monde retint son souffle pendant qu'elle reprenait le sien.

– C'est pour eux que tu as vidé ton livret A ? que tu as volé tes parents ?

– Ce n'est pas ce que tu crois.

– Il va falloir que tu nous expliques, Arthur.

– Adnan est mon ami.

– Je ne vois pas le rapport.

– Sa mère est malade. Tu le vois bien, non ? Ils n'ont pas de papiers, pas de sécu... L'argent a servi à lui payer des médicaments et de la nourriture décente. Mais vous n'en avez rien à foutre, vous. Ça vous est égal que des gens crèvent dans la rue.

– Mais de quoi parles-tu ? On n'y est pour rien, nous, si des clandestins décident de venir dans notre pays !

– Ils sont syriens, papa ! Victimes de la guerre ! Ce ne sont pas des *clandestins*. Ils n'ont pas de papiers parce qu'ils leur ont été confisqués par les passeurs. À cause de ça, ils n'ont droit à aucune aide. On ne veut pas les croire. Certains Syriens les ont même accusés d'être des agents du gouvernement de Bachar el-Assad et les ont tabassés. Ils sont rejetés par tout le monde... Ils ont besoin d'aide !

– Non, mais je rêve... Mon fils fait dans le social maintenant.

– Ce n'est pas ce que tu m'as inculqué : aider son prochain ?

Arthur se planta face à son père. On aurait dit deux cerfs sur le point de foncer l'un sur l'autre, tête baissée.

Jean Pouzauges et madame Hacquard demeuraient interdits ; ils ne savaient plus quoi penser, à qui donner tort ou raison.

Arthur ne cédait pas. On devinait sa révolte sous son air buté.

Son père, prenant conscience qu'il ne parviendrait pas à le contraindre, était de plus en plus désemparé. Il ne lui restait que la force physique pour lui imposer sa volonté, mais il n'avait jamais franchi ce pas irréversible. Surtout, il doutait. Il n'était pas loin de se laisser convaincre par Arthur. Peut-être même ressentait-il une forme de fierté de découvrir autant de détermination dans l'attitude de son fils.

Alors qu'ils se regardaient en chiens de faïence, Mireille Hacquard prit tout le monde de court en s'avançant vers le lit. Elle se pencha sur le corps souffreteux et s'arrêta sur le visage de la femme. Il était exsangue.

– La pauvre a besoin d'un médecin.

La mère d'Arthur se releva et s'adressa à son mari :

– Il a raison, chéri. C'est ainsi que nous l'avons éduqué. C'est un garçon généreux qui se montre solidaire.

– Mais...

– Tu aurais dû nous en parler, Arthur, poursuivit-elle. C'est là ton erreur. Rentrons maintenant. Demain, nous trouverons une solution pour...

– Adnan, dit Arthur.

– Nous trouverons une solution pour Adnan et sa maman. Ils ne peuvent pas rester ici.

Étienne la dévisagea, bouche bée. Après avoir remis la porte dans son chambranle, il se laissa entraîner sans ajouter un mot.

Toute tension était retombée. Jean Pouzauges regarda la petite famille s'éloigner, bras dessus bras dessous, et s'enfoncer dans l'obscurité.

4

La tension était retombée, mais toute dissension n'avait pas disparu pour autant. Sur le chemin du retour, père et fils ne s'adressèrent pas la parole, et Arthur monta se coucher sans manger.

– Ce sont deux Arabes en situation irrégulière ! Dieu sait ce dont ils se sont rendus coupables. Imagine si on se rendait complices de hors-la-loi.

Arthur était discrètement redescendu de sa chambre pour écouter la conversation entre ses parents ; car après un tel événement, ils en auraient immanquablement une.

Il utilisa sa cachette habituelle, recroquevillé derrière le petit meuble de l'entrée depuis lequel, grâce au reflet dans le miroir du salon, il regardait les films qu'on lui interdisait de voir quand il était petit. Aujourd'hui, ce recoin lui permettait de tout entendre sans qu'on soupçonne sa présence.

Son père faisait les cent pas dans le salon ; sa mère essayait de relativiser la gravité de la situation.

– Tu parles de hors-la-loi, dit-elle. Une femme seule et son enfant mineur !

– La veuve et l'orphelin, ironisa son mari.

– Précisément. Elle est veuve, et son fils a l'âge du nôtre.

Ses parents se disputaient rarement et, lorsque c'était le cas, ils n'élevaient pas le ton ; mais aucun doute en l'occurrence : ils n'étaient pas d'accord.

– Je ne crois pas que nous ayons affaire à des criminels de guerre, ajouta Mireille Hacquard sur le ton de la plaisanterie.

Arthur avait remarqué qu'elle faisait appel à l'humour lorsqu'elle voulait convaincre ou rassurer son mari.

Celui-ci se racla la gorge pour dissimuler sa gêne. Il redoutait d'avoir des ennuis avec la justice. Comme tout le monde, il avait eu vent de parents ou d'amis de djihadistes condamnés, ici en France, pour avoir aidé leurs propres enfants à revenir sans en informer les autorités.

– Va savoir dans quel camp ils étaient, dit-il. C'est un tel bazar, là-bas ; on ne sait plus qui extermine qui.

– Étienne, enfin… Tu ne parles pas sérieusement ?

– On ne peut pas accueillir toute la misère du monde, comme disait l'autre.

– Il ne s'agit pas de cela. Il s'agit de notre fils.

– Il est exalté. C'est de son âge. Ça lui passera.

« Quel con ! » pensa Arthur.

– Je ne crois pas que ce soit une passade. Il a l'air véritablement convaincu, et je crois que ce garçon est un ami pour lui. J'avoue que son attitude, sa façon de lui parler… m'ont touchée.

– Oh, toi, évidemment, dès que ton fils est impliqué, tu es d'une sensibilité qui frise le ridicule.

Arthur eut envie de bondir de sa cachette pour lui dire ce qu'il pensait de sa sensibilité à lui.

Sa mère ne releva pas. Elle disait souvent qu'il ne fallait pas répondre à la provocation, que c'était ce que l'autre attendait. Sa voix se fit d'autant plus posée, comme si elle s'adressait à un enfant.

– Écoute, dit-elle, nous n'avons pas le choix. Soit nous faisons quelque chose pour cette femme, soit nous passons à côté de notre fils.

– Tout de suite les grands mots !

– Arthur ne se désolidarisera pas de son ami. Le seul moyen pour qu'il renoue avec les bons résultats scolaires, c'est de les aider à se sortir de là. De l'aider à les aider.

Arthur était impressionné. Il ne connaissait pas à sa mère de tels talents de négociatrice.

– Il est hors de question que nous les hébergions chez nous, dit Étienne.

– En ce cas, améliorons leur quotidien. Faisons venir Christian afin qu'il examine cette femme ; et, avant de leur trouver un centre d'accueil, installons un chauffage à gaz dans leur caravane et nourrissons-les correctement... Assumons ce que notre fils a tenté de prendre en charge et qu'il est trop jeune pour gérer seul.

Arthur se risqua à jeter un coup d'œil en direction du miroir. Son père faisait face à la cheminée, les mains tendues vers les flammes, une moue figée sur les lèvres.

– Fais comme tu l'entends, lâcha-t-il. Mais je te préviens : ils ne mettent pas les pieds ici !

« Yes ! pensa Arthur. Bravo, maman. »

Puis, de peur de se faire surprendre, il fila dans sa chambre.

Le lendemain, dès son réveil, les premières pensées d'Arthur furent pour son ami. Il n'avait qu'une envie : retourner à la caravane pour lui annoncer la décision de ses parents... ou plutôt, la victoire de sa mère.

Un instant, il envisagea de sécher les cours. Mais sa mère s'était engagée à ce que ses notes remontent en échange de la collaboration de son père ; ce n'était donc pas la chose la plus intelligente à faire. Il devait au contraire se tenir à carreau, désormais.

Au petit déjeuner, sa mère lui apprit que Christian Zamparutti, leur médecin et ami de longue date, s'était rendu tard la veille au chevet de la maman d'Adnan.

– Elle s'appelle Nooda, paraît-il.

– Ben oui. J'aurais pu te le dire, répondit Arthur.

– Il nous a dit qu'elle avait trente-neuf ans et autant de température. Tu le connais, il aime bien ce genre de plaisanterie.

Arthur sourit.

– Il est resté avec elle pendant plus d'une heure pour faire un bilan complet. Il en a profité pour ausculter Adnan. Il a appelé hier soir. D'après lui, il était temps qu'elle consulte un médecin. Elle est très affaiblie.

– Mais ça ira ?

– Oui. C'était une sorte de septicémie...

– Une quoi ?

– Une infection généralisée, si tu préfères. Mais avec ce qu'il lui a administré, elle se remettra rapidement. Il doit y retourner dans la matinée pour lui apporter des médicaments.

Arthur contempla le visage de sa mère alors qu'elle était en train de se faire un thé. Il la savait forte et organisée.

Mais aujourd'hui, derrière la façade calme, il percevait une détermination qu'il n'aurait pas soupçonnée.

– Maman.

– Hum ?

Il attendit qu'elle le regarde.

– Merci, dit-il.

Elle ne répondit pas « Merci pour quoi ? » comme il s'y attendait, mais quelque chose de beaucoup plus étonnant et énigmatique :

– Je crois que c'est nous qui devrions te remercier.

Arthur en fut tellement troublé qu'il n'osa pas demander d'explications. Il versa du lait sur ses céréales et en enfourna une bouchée.

– Mais tu ne nous as toujours pas raconté comment tu les as rencontrés. Tu n'y couperas pas. Ton père et moi tenons à connaître les détails de l'histoire.

– Le pire, c'est que vous étiez là quand c'est arrivé. Vous ne vous êtes rendu compte de rien.

– Nous étions là ?

– Oui. Souviens-toi, l'été dernier, juste avant la rentrée. On était en voiture, on revenait de je sais plus où. On a assisté à une dispute à un feu rouge, au rond-point de la barrière de Paris. Un mendiant, qui nous avait proposé de nettoyer notre pare-brise, s'est fait attaquer par des

Roms. Vous m'avez expliqué que c'était probablement une dispute territoriale.

– Oui, ça me dit vaguement quelque chose.

– Je suis descendu parce que, soi-disant, il me manquait un truc pour le lycée, et je voulais profiter qu'on passe devant un Casino pour me l'acheter. Je vous ai dit que je rentrerais à pied ou en métro.

– Oui, ça me revient maintenant.

– Eh bien, c'était bidon. Il ne me manquait rien. C'est juste que le garçon qui s'était fait tabasser pleurait sur le trottoir, il avait l'air complètement perdu et désespéré. Je n'ai pas supporté de voir ça.

– Et ce garçon...

– C'était Adnan. Après, on s'est revus. Et puis on est devenus amis.

Sa mère hocha la tête en silence. Puisqu'ils en étaient aux confidences, Arthur en profita pour poser la question qui le taraudait depuis la veille :

– Je voulais te demander...

– Hum ?

– Le type qui m'a suivi et qui m'a dénoncé...

– Monsieur Pouzauges.

– C'est vraiment un détective ?

– Bien sûr. Qu'est-ce que tu crois ? Que nous aurions employé un mercenaire ?

– Mais un détective comme dans les films ? Vous avez payé pour me faire suivre ?

– Nous étions persuadés que tu te faisais racketter. Nous voulions avoir des éléments tangibles avant de t'en parler, d'alerter le lycée et de porter plainte.

– N'importe quoi !

– Cela s'est avéré utile, finalement.

Khadija, la femme de ménage de la famille, entra dans la cuisine à ce moment, interrompant la conversation entre mère et fils.

C'était le signal du départ pour Arthur. Il avala ses dernières cuillerées de muesli et se leva pour rincer son bol. Pendant qu'il le rangeait dans le lave-vaisselle, sa mère raconta brièvement à Khadija la rencontre qu'ils avaient faite.

– À ce propos...

La femme de ménage attendit que Mireille finisse sa phrase.

– Je voudrais nettoyer la caravane de ces gens-là de fond en comble, changer les draps et les couvertures, et refaire les stocks de provisions. Est-ce que vous accepteriez de m'aider ?

– Et vos chambres ? Je devais cirer les parquets aujourd'hui.

– Cela attendra la semaine prochaine, tant pis. Mais vous pouvez refuser, je comprendrais très bien.

Khadija demeura pensive, puis posa ses mains sur ses hanches et déclara :

– C'est d'accord.

– Oh, merci, Khadija.

– Ces gens, en Syrie, ont déjà assez de malheurs. C'est bien de faire ce que vous faites.

– C'est un peu grâce à Arthur, en fait, dit-elle en souriant à son fils.

Celui-ci rougit jusqu'aux oreilles. Khadija réfléchit :

– Je ferai quand même vos chambres. Je reviendrai cet après-midi.

La maman d'Arthur, embarrassée, refusa. Mais Khadija insista.

– Ce sera ma contribution.

Mireille Hacquard lui sourit et hocha la tête. Puis elle se tourna vers son fils :

– Tu as vu l'heure ?

– J'y vais, j'y vais.

– Il serait temps. Tu as intérêt à filer doux, si tu veux continuer à voir ton ami. Ton père ne te loupera pas.

– De toute façon, lui...

– Ne sois pas trop dur. Il changera d'avis. Il a juste besoin de temps.

– Hum.

– En attendant, reprends-toi au lycée. Travaille et rapporte de bonnes notes, sinon...

– J'ai compris.

Arthur se savait en liberté surveillée, mais il était soulagé que ses parents – sa mère surtout – prennent les choses en main. Jusque-là, elle avait tenu ses promesses : Christian était passé voir Nooda, et elle allait s'occuper d'elle.

À lui de tenir les siennes.

Toute la journée, Arthur eut du mal à se concentrer. Les cours lui parurent interminables. Même pendant les récréations, il trépignait. Il n'attendait qu'une chose : rentrer chez lui, expédier ses devoirs et rendre visite à Adnan.

Mais lorsqu'il arriva chez lui, son père l'attendait de pied ferme. *Liberté surveillée.*

Il donna le change en racontant sa journée et réussit à ne pas évoquer Adnan et Nooda Karsmalli tout de suite. Pourtant, ils étaient bien là, sous-entendus dans le dialogue que son père et lui essayaient d'avoir sur le ton le plus naturel possible.

Il fit ses devoirs sous le contrôle d'Étienne qui ne s'était pas impliqué dans sa scolarité depuis longtemps. Celui-ci alla même jusqu'à lui faire réciter certaines conjugaisons en espagnol.

Une fois ses leçons apprises – il n'était que dix-huit heures –, Arthur demanda la permission d'aller retrouver son ami.

La dispute n'éclata pas tout de suite. Son père refusa très calmement, pour commencer.

– Alors, il peut venir à la maison ? demanda Arthur en contenant sa colère.

Son père se tendit.

– On est en semaine. Tu le verras ce week-end.

Cette fois, Arthur s'insurgea :

– Tu dirais la même chose si c'était n'importe qui d'autre ? Maxime, ou Baptiste ?

– Ça n'a rien à voir, je les connais depuis qu'ils sont petits...

– Je suis condamné à garder les mêmes amis toute ma vie ?

– Ne sois pas ridicule.

– Toi, par exemple, tu ne fréquentes que des gens avec qui tu as été à la maternelle ? Tu ne t'es pas fait des amis au lycée ?

– Si, mais c'était des gens qui étaient en classe avec moi ! Pas des Romanichels à qui je donnais de l'argent volé à mes parents !

– Je croyais qu'on avait tiré un trait là-dessus. Tu vas me le ressortir indéfiniment ?

– Tu as vidé ton livret A. Ne crois pas que tu vas t'en sortir avec des excuses et la promesse de faire ce qui, de toute façon, est ton devoir... À savoir, travailler au lycée et passer en terminale. Je ne suis pas aussi laxiste que ta mère.

– Ni aussi généreux. Ça, je l'avais compris.

– Tu me parles autrement, je te prie.

– Je fais ce que je veux de l'argent qui est sur mon livret A. Ou alors il ne fallait pas me le donner.

– C'est la première chose sensée que j'entends sortir de ta bouche depuis belle lurette. Tu as raison : nous n'aurions jamais dû te confier cet argent. Tu t'es révélé complètement irresponsable.

– Pourquoi ? Tu as fait preuve d'un plus grand sens des responsabilités en 2008 avec l'argent qui appartenait à maman ?

Son père s'empourpra. Arthur regretta immédiatement ses paroles. Ça lui avait échappé.

– Excuse-moi, je n'aurais pas dû...

Un accord tacite au sein de la famille voulait qu'on ne fasse jamais allusion à cette expérience douloureuse qui avait coûté à Mireille Hacquard toutes ses économies : vingt mille euros placés en Bourse, sur les conseils de son mari, juste avant la crise des *subprimes*, entièrement perdus quelques mois plus tard, lorsque l'affaire Goldman Sachs avait éclaté.

Arthur avait étudié le phénomène en option économie. Il se souvenait de l'intervention d'Eli, membre de La France insoumise, pendant le cours : « On plaint les petits épargnants qui ont tout perdu, mais pas moi ! Il faut qu'ils comprennent que, en voulant spéculer pour gagner plus de fric sans rien foutre, ils encouragent le travail des enfants en Asie, les délocalisations qui nous coûtent des emplois ici, en France... Ils ont voulu jouer le jeu des capitalistes et ils ont perdu. C'est bien fait pour leur gueule ! »

Le professeur d'économie avait tempéré les ardeurs d'Eli, et un débat était né, auquel Arthur n'avait pas voulu prendre part, parce que ses sentiments, entre honte et tristesse, étaient confus. Le point de vue d'Eli était pertinent et, à bien y réfléchir, ses parents n'avaient eu que ce qu'ils méritaient.

Cependant, malgré des motivations pathétiques, ils n'incarnaient pas un capitalisme « cupide et impitoyable ».

Son père restait sans réaction ; Arthur, mal à l'aise, ne savait plus quoi dire.

L'un et l'autre furent sauvés par la sonnette de l'entrée, immédiatement suivie du grincement du portillon. Ça ne pouvait être que Christian Zamparutti. Parmi toutes leurs connaissances, il était leur plus vieil ami et le seul qui s'autorisait à entrer sans attendre qu'on lui ouvre. À tous les coups, il passait leur donner des nouvelles de Nooda.

Étienne descendit, Arthur sur ses talons. Sa mère, qui avait fini sa journée et venait de rentrer de la boutique, était déjà sur la terrasse pour accueillir le médecin. Celui-ci marqua un arrêt.

– La famille au grand complet. Quelle haie d'honneur !

À voir les mines renfrognées d'Étienne et d'Arthur, le médecin comprit que père et fils avaient eu des mots.

– Et alors ? On ne m'invite pas à l'apéro ? C'est quoi, ces façons ? plaisanta-t-il pour détendre l'atmosphère.

Mireille, qui avait aussi perçu la tension entre son mari et son fils, demanda à ce dernier de l'aider.

– Il y a des olives dans le placard, mets-les dans un bol et apporte-les, s'il te plaît.

Arthur s'exécuta, trop content d'avoir une raison de rester avec les adultes. Il voulait entendre ce que le médecin avait à dire, et craignait que son père ne le renvoie dans sa chambre.

– J'ai des nouvelles de votre protégée.

– Notre protégée, notre protégée... maugréa Étienne.

Christian sourit en fixant son ami. Celui-ci était en train de lui servir un doigt de Château-Caubet, son bas-armagnac préféré ; Étienne ne l'achetait que pour lui.

– C’est une sacrée bonne femme, tu sais.

Étienne haussa les épaules.

– Toi aussi, tu es tombé sous son charme ? Ce ne sont que des clandestins qui cherchent à nous apitoyer pour nous soutirer des sous. Ils ont réussi, si j’en juge par l’effet qu’ils vous font, à Mireille et à toi. Pour ma part, je pense que ce sont des escrocs. Mais j’ai l’impression que plus personne ne m’écoute dans cette maison. Après mon fils et ma femme, c’est à toi de devenir fou.

Le médecin s’amusa de l’emportement de son ami. Il regarda tour à tour Mireille et Arthur. La première leva les yeux au ciel. Le second dissimula son bouillonnement intérieur, conscient qu’il ne servait à rien de contredire son père. Sa mère et Christian étaient de son côté. Une épouse et un compagnon de longue date avaient plus de chances de convaincre un père obtus que son fils.

Christian lui fit un clin d’œil au moment de porter son verre d’armagnac à ses lèvres. Il semblait dire : « Je connais ton père depuis plus de trente ans. Il a un sale caractère, il est sans concessions, peu nuancé, mais sous ses dehors conservateurs, il a un bon fond. »

– Tu te méprends sur elle, dit-il à son ami.

– Qu’est-ce que tu en sais ? Ce n’est pas parce que tu lui as écouté les bronches que tu es entré dans son intimité.

– Détrompe-toi. Nous avons beaucoup échangé.

– Ah oui ? Comment, en langue des signes ?

Nouveau rictus amusé de Christian. Il avait beaucoup d'affection pour Étienne, mais franchement, celui-ci pouvait être bête, parfois.

– Mes grands-parents ne parlaient pas un mot de français quand ils sont arrivés de Calabre.

Étienne Hacquard balaya l'argument d'un geste de la main, mais ne soutint pas le regard du médecin, qui continua :

– Figure-toi qu'elle parle un français parfait. Pas seulement le français, d'ailleurs. Elle maîtrise cinq langues étrangères, en plus de l'arabe. Son fils, trois.

– Évidemment, ils baragouinent trois mots dans toutes les langues pour pouvoir mendier et faire valoir leurs droits de réfugiés politiques...

Arthur trépignait en entendant de telles âneries. « On voit bien qu'il ne les connaît pas », se dit-il. Heureusement, le médecin, lui, avait pris le temps de les découvrir.

– Elle était professeure de littérature comparée à l'université de Damas, spécialiste de Zola, rétorqua-t-il. Elle a écrit de nombreux ouvrages traduits dans plusieurs langues et donnait des conférences dans le monde entier, avant la guerre.

Étienne avala une gorgée de son armagnac. Arthur qui exultait. Il lança un regard triomphant au médecin qui venait de moucher son père. Christian ne s'arrêta pas en si bon chemin :

– Son mari aussi était un intellectuel. Un professeur de sociologie. Ils étaient surtout connus pour leur engagement contre le régime de Bachar el-Assad. Ils ont fait partie des intellectuels victimes de la répression gouvernementale. Lui a été assassiné, d'ailleurs. C'est ce qui l'a poussée à quitter la Syrie avec son fils.

Étienne resta silencieux pendant quelques secondes. Puis, avec une mauvaise foi dont personne autour de la table n'était dupe, il dit :

– Tu vois ? C'est ce que je disais : on ne peut pas savoir à qui on a affaire, avec ces gens-là.

5

Dès le lendemain, grâce aux antibiotiques que Christian Zamparutti lui avait administrés à doses de cheval, la fièvre de Nooda retomba.

Le radiateur d'appoint au gaz installé par Mireille et Khadija rendit l'atmosphère beaucoup plus agréable et chassa l'humidité qui régnait à l'intérieur de la caravane.

Les jours passèrent et l'état de santé de Nooda continua à s'améliorer rapidement. Elle retrouva le sourire et ne cessait de remercier leurs bienfaiteurs.

– Tu vois ? Ta mère aussi, elle est super, dit un jour Adnan à Arthur.

Il faisait allusion à une réflexion un peu triste que son ami français avait eue, quelques semaines plus tôt, à propos de Nooda :

« C'est une femme formidable. Une véritable héroïne. Moi aussi j'aimerais avoir des parents capables de s'engager politiquement. Je ne sais pas si les miens auraient été des opposants au régime de Bachar el-Assad.

– On ne sait jamais ce dont les gens sont capables ni comment ils réagiraient dans telle ou telle situation, lui avait répondu Adnan. Et puis, tu sais, honnêtement, il m'est arrivé de leur en vouloir. Mon père est mort et nous sommes en exil. Parfois, je préférerais mener une vie normale dans ma maison, avec des parents moins héroïques. Une vie comme la tienne. »

Adnan, bien qu'il ne soit pas plus âgé qu'Arthur, semblait détenir une sagesse dont peu d'adultes pouvaient se vanter. Il trouvait systématiquement des circonstances atténuantes aux gens et relativisait tout. Arthur faillit lui dire qu'il le trouvait super, lui aussi, mais n'osa pas. Par pudeur, peut-être.

Il ne dit rien, donc, mais il acquit la certitude qu'Adnan était une personne comme il n'en avait jamais connu, d'une richesse rare. Il ressentait à son égard un mélange d'admiration, de jalousie et de reconnaissance. Il remerciait le destin de les avoir mis, lui et Nooda, sur sa route. Il était conscient que cette rencontre serait l'une des plus importantes de sa vie.

Nooda Karsmalli allait mieux mais refusait catégoriquement de faire des démarches administratives afin de régulariser sa situation et celle de son fils. Il semblait que plus elle reprenait du poil de la bête, plus sa détermination à rester en dehors des circuits officiels grandissait.

Pourtant, il ne se passait pas une journée sans que Mireille Hacquard ne l'incite à faire une demande d'asile en préfecture. Elle avait beau lui présenter tous les avantages qu'elle en tirerait, Nooda ne fléchissait pas.

Elle prétendait que, en l'absence de documents, leur demande d'asile politique serait rejetée et qu'ils seraient renvoyés en Syrie où elle et son fils étaient en danger de mort.

Ils devaient faire profil bas jusqu'à ce que Bachar el-Assad tombe et qu'advienne la démocratie en Syrie. Alors, ils pourraient y retourner.

– Ce n'est pas demain la veille, prédit Étienne Hacquard, non sans ironie, lorsque son épouse lui fit part des refus successifs de la maman d'Adnan.

Toute la famille était réunie pour le dîner. Arthur et sa mère jetèrent un regard noir au *pater familias*.

– Eh bien, quoi ? dit celui-ci en écartant les bras. Ce n'est tout de même pas ma faute si leur pays est en guerre !

Son épouse soupira.

Arthur l'observa. Il la trouvait changée. Elle passait voir Nooda Karsmalli tous les jours pour lui apporter des petits plats ou bavarder quelques instants avec elle. C'était comme si, à force de la fréquenter, elle s'était faite plus ferme. Elle avait toujours été une femme indépendante, mais elle ne parlait plus à son mari sur le même ton ; elle se tenait même différemment... Plus droite, peut-être. On aurait dit qu'elle avait pris un peu du courage de la mère d'Adnan.

Au fur et à mesure que les jours passaient, l'intérêt et la compassion qu'elle avait d'abord montrés pour les deux réfugiés s'étaient transformés en affection, puis en réelle amitié.

Adnan était autorisé à venir jouer dans la chambre d'Arthur mais à doses homéopathiques. D'ailleurs, celui-ci invitait son ami quand son père était absent. Il évitait même d'évoquer Nooda et Adnan devant lui, mais avec sa mère, il en parlait beaucoup. Ces conversations étaient l'occasion de lui poser des questions qu'ils n'abordaient pas habituellement. Des questions de politique internationale, d'aide aux pays en voie de développement... Arthur ignorait que sa mère s'en préoccupait. Même si elle avouait ne pas y connaître grand-chose, elle paraissait s'y intéresser sincèrement.

Son père, lui, continuait à considérer Nooda comme indésirable dans sa demeure, mais sa position était de plus en plus difficile à tenir.

Au bout de quelques jours, isolé au sein de sa propre famille, victime d'un travail de sape de son épouse qui lui signifiait ouvertement son mécontentement dès qu'elle en avait l'occasion, il finit par accepter qu'Adnan et sa mère viennent dîner à la maison.

Arthur n'en revenait pas lorsque son père donna son accord. De peur qu'il ne change d'avis, parce qu'il avait dit oui du bout des lèvres, il ne montra rien de sa joie.

L'invitation fut lancée pour le lendemain soir.

– Qu'est-ce que tu vas leur préparer ? demanda Arthur à sa mère. Je peux t'aider, si tu veux.

– Quelque chose de simple. Je ne voudrais pas les mettre mal à l'aise.

– Pas de porc, en tout cas, dit Arthur en rigolant.

– Mince. Moi qui comptais faire un plateau de charcuterie !

Tous deux éclatèrent de rire. Dommage qu'ils n'aient pas pu partager cette gaieté avec Étienne.

Mireille opta pour une salade et un poulet rôti accompagné d'un risotto. Arthur tint à l'assister dans les préparatifs.

C'est lui qui lava et essora la laitue, et fit la vinaigrette aux oignons.

– On va inviter Christian, lui confia sa mère. Ton père se comporte à peu près correctement quand il est là.

– Il boira moins d'alcool aussi.

Mireille se raidit. Son mari buvait trop, c'était vrai. Elle s'en inquiétait, même si elle n'avait jamais abordé la question. Il lui aurait ri au nez, ou se serait emporté. Elle était loin d'imaginer qu'Arthur l'avait remarqué. « Faudrait-il aussi avoir une discussion à ce sujet, un jour ? » se demanda-t-elle avec découragement.

Elle décida que ça pouvait attendre.

– J'emmènerai Adnan à la pêche pendant que vous prenez l'apéritif.

Sa mère s'étonna :

– Ça fait une éternité que tu n'as pas été à la pêche.

– Justement. Ça lui changera les idées.

– Mais, il fera nuit.

– Non, le canal est éclairé. Il y a des lampadaires tout le long.

– Bon. Après tout, c'est une excellente initiative.

Le canal du Midi était à deux pas ; Arthur, jusqu'au collège, y avait ses habitudes. Il retrouvait ses copains à l'écluse de Matabiau qu'ils vidaient de ses poissons-chats par dizaines. L'espèce nuisible pullulait, il ne serait venu à l'esprit de personne de verbaliser les adolescents qui ne possédaient pas de carte de pêche.

Arthur et Adnan traversèrent la double voie qui longe les berges du canal, très chargée à cette heure de sortie des bureaux, et s'installèrent sur un banc.

C'était loin d'être le spot de pêche idéal : l'endroit était bruyant à cause des voitures, le décor pas particulièrement agréable à contempler, pas du tout bucolique en tout cas, et il faisait froid. Mais c'était tout de même plaisant de venir là pour attraper du poisson. Le simple fait de tenir le matériel en main procurait un sentiment d'aventure.

Arthur trouvait ça sympa de faire autre chose que de la PlayStation. Quant à Adnan, c'était la première fois qu'il s'accordait du temps à l'extérieur pour autre chose que trouver à manger ou de quoi se réchauffer, depuis... depuis la Syrie.

– Moi aussi, je pêchais avec mes amis, avant.

– En mer ?

Adnan sourit. Damas était à plus de quatre-vingts kilomètres de la Méditerranée, et il y avait le Liban entre les deux. Mais Arthur n'avait jamais dû regarder sur une carte d'où il venait.

– Non. Dans la Barada. C'est une petite rivière qui traverse Damas. Mais elle est souvent à sec.

– Pêcher en mer, c'est super. Moi j'ai déjà chassé le poulpe à Collioure, en PMT.

– C'est quoi ?

– Palme-masque-tuba. Les fonds sous-marins sont super beaux, là-bas.

– C'est où, Collioure ?

– Près des Pyrénées, pas loin de Perpignan.

– Dans les Pyrénées-Orientales, alors.

Arthur se retourna vers le jeune Syrien. Comment connaissait-il le nom des départements français ?

– T'es un mutant, toi ! Où est-ce que tu as appris ça ?

– Dans ton manuel d'histoire-géographie de quatrième.

– J'ai un manuel d'histoire-géographie, moi ?

– Tu en as même plusieurs, dans ta chambre, sur ton étagère.

Arthur demeura pensif, puis éclata de rire.

– Il faudra que je les ouvre, un jour, déclara-t-il.

Adnan, au lieu de s'égayer, comme la légèreté d'Arthur l'y invitait, offrit une mine sombre. Alors que son ami commençait à déballer cannes et appâts, il contemplait la surface de l'eau.

Arthur s'en aperçut et le dévisagea, se demandant ce qui pouvait tracasser ainsi Adnan. Il voulut lui poser la question, mais se ravisa. Il repensa à ce qu'il venait de lui dire : « Moi aussi, je pêchais avec mes amis, avant. »

Quel idiot il faisait ! Heureusement qu'il avait tourné sa langue dans sa bouche avant de parler. Adnan se remémorait son pays, évidemment. L'insouciance de son enfance, sa vie d'avant, avant la mort de son père, avant les massacres, avant Bachar el-Assad et avant Daesh, avant les millions de Syriens réfugiés un peu partout autour de la Méditerranée.

Arthur abandonna le montage de sa ligne et posa une main amicale sur l'épaule d'Adnan. Quels mots auraient pu le réconforter ? Qu'est-ce qu'il fallait dire à quelqu'un qui avait tout perdu et qui vivait dans une caravane, sans eau et sans électricité, alors que sa famille avait fait partie de l'élite intellectuelle de son pays ? « T'inquiète, ça va aller » ? Ou « C'est pas grave, un pays de perdu, dix de retrouvés » ?

Arthur essaya d'imaginer ce qu'Adnan lui dirait, dans la situation inverse. Il fut assez fier de ce qu'il trouva, parce que cela fit naître un sourire sur les lèvres d'Adnan, dans lequel disparut la première larme qui avait coulé.

– Cet été, si tu veux, on ira à Collioure ensemble.

Ils retournèrent chez les Hacquard dès qu'ils eurent trop froid. Mais quand ils arrivèrent, le père d'Arthur n'était pas encore là.

Comme par hasard, ce soir-là, il rentra beaucoup plus tard que d'habitude. Et de mauvaise humeur.

Adnan et Arthur avaient eu le temps de ranger le matériel de pêche et de se changer. Lorsque Étienne Hacquard poussa la porte d'entrée, ils étaient en train de faire une partie de dés sur le guéridon du salon. Le premier apprenait un jeu syrien au second.

Christian et Nooda, arrivés une heure et demie plus tôt, étaient aussi installés dans le salon. Les biscuits apéritifs étaient finis depuis longtemps, et Mireille les faisait patienter avec les derniers paquets de chips dont elle disposait.

Comme quelqu'un qui vient de passer une journée horrible au bureau, Étienne jeta ses clefs sur la desserte dans le hall d'entrée et souffla bruyamment.

Arthur guetta la réaction des adultes. Aucun n'était dupe. Christian connaissait trop bien son ami pour croire qu'il n'avait pas fait exprès d'arriver à une heure aussi indue. Quant à sa mère, elle savait pertinemment qu'il ne finissait plus aussi tard depuis des années. Nooda agit comme si elle n'avait pas remarqué le retard inexplicable de son hôte.

Le père d'Arthur pénétra dans le salon en lançant un bonsoir à la cantonade. Pour toute réponse, son épouse annonça qu'ils pouvaient passer à table.

Nooda se leva et tendit la main à Étienne, geste qu'il n'avait pas anticipé et qui le prit de court. Acculé, il la lui serra :

– Bonsoir, monsieur Hacquard. Mon fils et moi vous sommes très reconnaissants de votre accueil, dit-elle dans un français impeccable, avec une très légère pointe d'accent oriental.

Étienne bredouilla un « Je vous en prie, c'est normal » maladroit.

– Je suis content de voir que vous êtes sur pied, ajouta-t-il.

– Je suis encore un peu fatiguée, mais je vais bien mieux, en effet. Grâce au docteur Zamparutti.

– Christian. Appelez-moi Christian, je vous en prie.

– Bonsoir, monsieur Hacquard, dit Adnan en se glissant dans la conversation.

Le père d'Arthur se tourna vers le jeune Syrien, honteux de faire preuve d'aussi peu de savoir-vivre.

– Bonsoir, Adnan.

Christian s'amusa de l'embarras de son ami.

– Tu devrais te ménager, lui dit-il. Ce n'est pas bon pour ta santé de travailler si tard.

Étienne fusilla le médecin du regard. Celui-ci se leva et lui colla une tape dans le dos.

– Allons, Étienne, un peu d'humour ! Rejoignons Mireille et faisons honneur à ses talents de cuisinière, même si son poulet doit être confit à l'heure qu'il est.

Arthur savourait la scène. Décidément, Christian ne ratait pas une occasion de railler son père.

Au cours du repas, Nooda ne cessa de s'extasier sur la finesse des mets et le raffinement de leur présentation, l'harmonie de la table, l'agencement de la maison…

– Je n'ai pas vécu un moment aussi agréable depuis…

Elle s'interrompit, et toute la tablée retint sa respiration. Au lieu de finir sa phrase, elle releva la tête et afficha un sourire rayonnant. Elle passa sa main dans les cheveux de son fils, qui se plaignit pour la forme et remit en place la mèche qui lui couvrait le front.

Le père d'Arthur se servit un énième verre de vin. Il ne participait guère aux discussions.

Nooda avait beau essayer de ne pas monopoliser la parole, Mireille et Christian la submergeaient de questions sur leur vie en Syrie, leur fuite… Arthur écoutait avec un intérêt particulier les réponses à des questions qu'il n'avait pas osé poser à Adnan jusqu'ici, de peur de l'embarrasser.

Pour la première fois, il entendit le récit de leur traversée dans une embarcation trop frêle pour le nombre de réfugiés qu'ils étaient, la hantise d'avoir entraîné son fils dans une aventure qui leur serait peut-être fatale, le transit par la Turquie, les rackets, la violence des passeurs, les difficultés pour une femme seule avec un adolescent et sans protection, les camps de rassemblement en Grèce… Et pour finir, la France, terre d'accueil qu'elle aimait depuis toujours, où elle avait fait sa thèse d'université, dont elle avait enseigné la langue, défendu les valeurs, loué les idéaux…

Elle ponctuait ses propos de coups d'œil à son fils.

– Ce sont des souvenirs douloureux que nous n'évoquons pas souvent, voire jamais, Adnan et moi.

Arthur observait son ami. Celui-ci donnait l'impression de découvrir dans la bouche de sa mère des aventures qu'il avait pourtant lui-même vécues… Comme s'il prenait conscience de ce à quoi ils avaient échappé.

Quand elle eut fini, un silence gêné s'installa.

Christian savait qu'il aurait dû changer de conversation, rebondir sur un sujet plus léger. Mais le médecin, à l'instar de tout le monde autour de la table – même Étienne, qui avait renoncé à son sourire narquois –, était fasciné par une telle histoire. Il ne put s'empêcher de continuer à la questionner :

– Pourquoi ne vivez-vous pas avec les autres réfugiés, dans les HLM désaffectées des Izards ? demanda-t-il.

– Parce qu'ils sont arrivés ensemble. C'est un groupe.

– Mais vous êtes tous syriens. Il n'y a pas une espèce de solidarité ?

– Si, bien sûr. Je les connais d'ailleurs, on se parle. Mais les gens se regroupent par région d'origine, par communauté. Chiites et sunnites ne se mélangent pas, par exemple.

– Mais pourquoi demeurer à part ?

Nooda hésita avant de répondre.

– Nous fuyons tous la guerre, mais pas pour les mêmes raisons. Mon mari et moi faisions partie des intellectuels visés par le régime. Nous défendions des idées qui ne sont pas partagées par tous.

Le médecin aurait voulu en apprendre davantage sur les dissensions entre Syriens, mais c'était là une des explications aux malheurs de ce peuple, et il sentit que la maman d'Adnan ne tenait pas à en dire davantage.

– C'est pour ça que vous avez changé d'identité ? demanda Arthur.

Nooda se raidit et jeta un regard réprobateur à son fils. Celui-ci rougit mais ne dit rien. Arthur comprit qu'il venait de commettre une gaffe.

– Nous avons donné un faux nom aux passeurs, en effet, dit Nooda. Pour des raisons de sécurité.

– Quel est votre véritable nom ? l'interrogea Christian, curieux.

– Beltoja, mais comme je vous le disais, il est plus prudent de continuer à nous appeler Karsmalli.

Puis elle se leva, autant pour débarrasser que pour couper court à la discussion.

– Laissez donc, dit Mireille en s'activant à son tour.

Christian l'imita, ainsi que les garçons, qui se sentirent obligés de mettre la main à la pâte.

Après avoir rangé couverts et assiettes sales au lave-vaisselle, ces derniers furent autorisés à monter dans la chambre d'Arthur.

Seul Étienne resta assis à table, perdu dans ses pensées, repoussant mécaniquement vers le centre de la table les miettes de pain dispersées devant lui à l'aide de son couteau.

Arthur le regarda faire depuis la cuisine. Il connaissait bien son père. Les adultes ont toujours l'impression de comprendre leurs enfants sous prétexte qu'ils les fréquentent depuis leur naissance. Ce n'est pas faux, mais ils ont tendance à oublier que l'inverse est également vrai. Il l'avait étudié pendant tout le repas : son père n'était plus aussi hostile envers les Karsmalli. Il était demeuré bougon par fierté, histoire de ne pas montrer qu'il se laissait attendrir, mais il n'avait pas été insensible à ce qu'avait raconté Nooda.

6

— Excuse-moi pour tout à l'heure, dit Arthur. Je ne savais pas que ta mère ne voulait pas que tu en parles.

– Tu ne pouvais pas deviner.

Le jeune Syrien ne lui en voulait peut-être pas, mais quelque chose clochait depuis le repas. Arthur se rapprocha de son ami.

– Qu'est-ce que tu as ?

Adnan haussa les épaules. Le jeu vidéo était en train de se charger.

– Ma mère ne m'a jamais parlé de ces choses-là. Je sais ce qu'on a vécu, évidemment. J'ai bien vu que c'était souvent *limite*, mais ma mère a fait bonne figure en toute situation. Je réalise seulement maintenant qu'elle en a bavé.

« Faire bonne figure », « en baver »... Arthur n'en revenait toujours pas de la façon dont son ami s'exprimait en français.

– Toi aussi, tu en as bavé.

– Oui, mais elle m'a épargné le pire. Elle a gardé tout ça pour elle.

Le menu du jeu vidéo s'afficha. Machinalement, Arthur sélectionna la mission *Hoth / nombre de joueurs : 2 / écran partagé / arme : blaster / options : bouclier protecteur*.

– En tout cas, t'as vu comment Christian la mate ? Il est complètement subjugué.

Adnan continua de fixer l'écran, les mains posées sur sa manette, inertes.

Arthur se rendit compte de l'énormité qu'il venait de dire. Le père d'Adnan était mort là-bas, en Syrie, assassiné par la police du régime. C'est ce qui avait provoqué leur départ précipité. Leur présence à Toulouse, leur situation actuelle trouvaient leur explication dans cette tragédie. Ils avaient tout abandonné : leurs amis, leur famille, leur maison... Sa mère avait perdu son travail. En apprenant la mort de son mari, elle avait quitté son bureau dans la minute et était venue chercher Adnan au collège. Ils étaient repassés chez eux après avoir appelé leur voisin de palier, qui était aussi un ami, afin de s'assurer que la police ne les attendait pas dans l'appartement. Ils avaient pris quelques affaires à la hâte, puis avaient trouvé refuge chez une amie jusqu'au soir et ils avaient quitté Damas la nuit même. En moins de douze heures, leurs vies avaient basculé.

Et lui, Arthur, plaisantait au sujet d'une idylle possible entre l'ami médecin de famille et la mère d'Adnan, à peine remise d'une broncho-pneumonie qui aurait pu la tuer et qui, au bord des larmes, s'était confiée à eux.

« Quel imbécile ! Non mais quel imbécile ! »

Il ne valait pas mieux que son père qui, au moins, avait eu la décence de ne pas prononcer une parole de la soirée, ni positive ni négative.

Il n'osait plus rien dire. Adnan était perdu dans ses pensées. Peut-être n'avait-il même pas entendu sa réflexion ? Le mieux était de faire comme si de rien n'était.

Il prit la manette d'Adnan et cliqua sur *Rejoindre la partie*, puis la lui tendit à nouveau. Adnan la saisit et se mit à jouer.

Une heure plus tard, les Rebelles l'avaient emporté sur l'Empire. Adnan et Arthur étaient morts une vingtaine de fois mais ils avaient tué respectivement cent quatre-vingt-deux et deux cent douze ennemis.

Il était temps pour Arthur d'aller se coucher, et pour Adnan et sa mère de rentrer à leur caravane.

Le jeune Syrien demanda à son ami s'il pouvait lui emprunter un livre.

– Sers-toi ! lui répondit Arthur en désignant sa bibliothèque.

Adnan choisit un manuel scolaire parmi ceux qu'Arthur avait oublié de rendre à la bourse aux livres.

– Histoire-géographie niveau seconde ! s'exclama-t-il, enchanté.

Arthur avait du mal à le croire, mais les cours manquaient à Adnan. Le jeune Français aurait volontiers cédé sa place à son ami, mais le jour où il avait lancé cette proposition sur le ton de la plaisanterie, Adnan lui avait jeté un regard noir, avait fait non de la tête et déclaré : « Tu n'imagines pas la chance que tu as de pouvoir étudier ! »

Christian se proposa de raccompagner Nooda et Adnan. Arthur essaya de se glisser dans la brèche, mais à peine ouvrit-il la bouche pour dire « Je peux ? » que sa mère le coupa :

– Tu vas te coucher. Il est déjà tard.

Puis elle ajouta :

– Ce serait plutôt à ton père de se proposer.

Celui-ci marmonna quelque chose d'inaudible, salua à la cantonade et alla se coucher.

– Adnan ne peut pas dormir ici, alors ? supplia Arthur.

Sa mère détestait quand il essayait d'en obtenir toujours davantage, surtout devant témoins ; ce qui la contraignait à céder pour ne pas passer pour celle qui dit tout le temps non.

Nooda le comprit et dit :

– Nous n'allons pas abuser de votre hospitalité. Une autre fois peut-être.

– Je peux au moins les accompagner ? insista Arthur.

Sa mère soupira, déterminée à s'en tenir à son refus initial. C'est alors que Christian vint à la rescousse du garçon :

– Laisse-le donc venir, nous n'en aurons que pour cinq minutes.

– Ça t'oblige à faire un aller-retour...

– Vraiment, ça ne me dérange pas, dit le médecin.

Arthur saisit l'opportunité :

– Alors, c'est oui ?

Sa mère eut un geste las. Son mari aurait désapprouvé sa faiblesse, mais après tout il n'était pas là pour entendre cette conversation. Elle se tourna vers son fils et prit un ton faussement autoritaire :

– Mais dès que tu rentres, tu te couches, tu éteins et tu dors. Et demain matin, tu fais tes devoirs !

– Yes ! Merci, maman.

– Remercie plutôt Christian.

Arthur fit un clin d'œil au médecin tout en enfilant son blouson. Christian éclata de rire.

7

Les garçons s'installèrent à l'arrière de la voiture. Christian, d'habitude si drôle et si bavard, avait l'air gêné. Arthur se demanda si cela confirmait l'impression qu'il avait eue à table : la maman d'Adnan ne laissait pas le médecin indifférent.

Il n'osa pas regarder Adnan, de peur qu'il ne devine ses pensées. Une gaffe dans la soirée suffisait.

Ou peut-être l'embarras qu'il ressentait était-il dû au contraste entre le confort de la maison de ses parents, le luxe de la Mercedes de Christian et l'endroit où ils ramenaient les deux Syriens ?

Arthur se disait que si ses parents ne pouvaient pas héberger Adnan et Nooda en même temps, faute de place, Christian aurait pu recueillir Nooda. Au moins pour cette nuit.

Mais aurait-elle accepté ? Peut-être que, dans la culture de son pays, il n'était pas bien vu, pour une femme mariée, veuve de surcroît, d'accepter l'hospitalité d'un homme célibataire.

Nooda brisa le silence :

– J'ai l'impression que vous connaissez bien le monde arabe. Je me trompe ? demanda-t-elle à Christian.

– Qu'est-ce qui vous fait penser cela ?

– Tout à l'heure, à table, lorsque j'évoquais les sunnites et les chiites, les montagnes de l'Anti-Liban et la zone frontière avec la Turquie, vous sembliez avoir une idée assez précise de ce dont je parlais.

– Dire que je connais bien, non, je n'irais pas jusque-là. Mais je m'intéresse au Proche-Orient. Il se trouve que j'ai traversé la Syrie.

Nooda se tourna vers lui.

– Tiens donc ! À quelle occasion ?

Christian sourit timidement.

– Sauf si c'est indiscret.

– Pas du tout. C'est juste que... j'ai fait de l'humanitaire en tant que médecin dans la bande de Gaza.

– Ah bon ? C'est impressionnant.

– Je sais que ça paraît... enfin, ça fait un peu prétentieux quand on le dit comme cela.

– Absolument pas.

– Peut-être pas prétentieux, mais ça donne le sentiment que je suis en train de fanfaronner en affirmant : « J'ai fait un truc fantastique dans ma vie », alors qu'en fait c'était un travail très banal et très répétitif.

– Mais indispensable. Les Palestiniens manquent tellement de tout.

– C'est marrant que vous disiez cela.

– Comment ça, marrant ?

– La crise syrienne est bien plus préoccupante, et vous plaignez le sort des Palestiniens.

– La guerre en Palestine dure depuis plus d'un demi-siècle, alors que la situation en Syrie n'est que provisoire. En tout cas, il faut l'espérer.

– *Inch Allah*, comme vous dites.

Nooda sourit tristement, avant de reprendre :

– *Inch Allah*, en effet.

Quand Christian se gara sur le parking du collège et qu'ils en descendirent, le froid à l'extérieur parut plus mordant que d'habitude, le brouillard plus humide.

Nooda embrassa Arthur et remercia le médecin en lui tendant la main. Mais celui-ci insista pour marcher avec eux jusqu'à leur caravane. Il restait encore deux cents mètres de friche avant d'y parvenir, et il tenait à les accompagner.

Au moment où ils atteignaient la limite du champ, Arthur vit quelque chose bouger dans la nuit.

– Regardez, là ! dit-il aux autres.

Deux silhouettes s'enfuyaient le long de la voie ferrée. Nooda marqua un temps d'arrêt, puis se remit à marcher en se hâtant.

Arthur et Christian perçurent son inquiétude et lui emboîtèrent le pas.

Arthur voulut dire quelque chose, mais n'en eut pas le temps car une lueur jaillit devant eux. Le flanc gauche de la caravane venait de s'enflammer.

Christian serra le bras de Nooda et lui intima de ne pas approcher davantage.

– Je reviens tout de suite. Adnan, reste avec ta mère.

Il partit en courant vers sa voiture, mais trébucha dans une ornière et s'étala de tout son long en jurant.

Arthur se précipita vers lui.

– Ça va ?

– Non ! Je crois que je me suis foulé la cheville.

Arthur voulut l'aider à se relever, mais le médecin lui tendit la clef de la Mercedes et lui ordonna :

– Dans le coffre, l'extincteur. Vite !

Arthur propulsa ses quatre-vingts kilos de rugbyman sur le chemin.

Il actionna l'ouverture centralisée alors qu'il était encore à une trentaine de mètres et se précipita vers l'arrière de la voiture.

Il trouva l'extincteur, arracha la sangle qui le maintenait et retourna à la caravane, toujours au pas de course. Il s'approcha au plus près de l'incendie pour tenter de le circonscrire et de sauver les affaires qui pouvaient encore l'être. Il ôta le couvercle de l'extincteur mais la poignée ne s'enfonça pas. Le feu gagnait les pneus de la caravane.

– La goupille, enlève la goupille ! cria Christian.

La neige carbonique jaillit et commença à réduire les flammes.

Nooda avait pris Adnan dans ses bras. Elle regardait Arthur faire en se blottissant contre son fils.

Quand l'extincteur fut vide, le feu était maîtrisé et l'intérieur de la caravane heureusement intact. À l'extérieur, par contre, les parois étaient recouvertes d'une calamine noire et la fumée qui montait dégageait une odeur âcre de plastique fondu.

Arthur se retourna vers ses amis, un sourire triomphant sur les lèvres. Adnan vint vers lui.

– Merci, dit-il, des larmes dans les yeux.

Christian s'était relevé, sa cheville le faisait boiter légèrement.

Pendant tout ce temps, Nooda était restée sans réaction. À aucun moment elle n'avait crié ou pleuré.

Arthur la regarda et interrogea son ami en silence. Il essayait de comprendre : s'agissait-il une nouvelle fois d'une différence de culture, à mettre sur le compte du fatalisme oriental, ou l'absence d'expression sur le visage de Nooda était-elle le signe de quelque chose de plus grave ?

Adnan haussa les épaules.

– Pourquoi ils ont fait ça ? s'interrogea Arthur tout haut.

– Les SDF du coin nous ont menacés à plusieurs reprises, répondit Nooda d'un ton détaché. Mais je ne pensais pas qu'ils passeraient à l'acte.

– Ils s'en étaient déjà pris à vous ?

– Pas à Adnan et moi en particulier... Aux réfugiés syriens en général.

– Mais pourquoi ?

– Ils nous accusent d'empiéter sur leurs territoires de mendicité.

Arthur n'en revenait pas : des pauvres qui s'attaquaient à plus pauvres qu'eux !

– Nous n'aurions pas dû nous absenter si longtemps, se reprocha Nooda. Pas le soir. J'aurais dû me douter que ça arriverait.

– Vous ne devez pas dormir ici. Ils pourraient revenir, dit Christian.

– Je sais me défendre.

– Je n'en doute pas. Mais l'odeur est trop forte, probablement toxique. Je peux vous héberger, au moins pour une nuit.

Nooda fit un non énergique de la tête. Même s'il s'y attendait, Christian en fut blessé.

– En ce cas, je vous dépose à un hôtel. Vous ne pouvez pas passer la nuit ici.

– Au contraire.

Elle prononça ces deux mots avec une telle détermination, presque de la colère, que le médecin sut qu'il n'y aurait pas moyen de la faire fléchir.

– Nous devons rester, ajouta-t-elle. Ils ne reviendront que si nous nous éloignons.

8

Suite à l'attaque contre la caravane, Adnan passa plus de temps chez les Hacquard. Le père d'Arthur autorisa qu'il dorme chez eux. Lorsque c'était le cas, il ne retournait à la caravane que le matin, après une douche chaude et un petit déjeuner copieux partagé avec Arthur, avant que celui-ci ne prenne le chemin du lycée.

La mère d'Adnan s'obstinait à ne pas quitter la caravane, malgré les propositions répétées de Christian de s'installer chez lui. Elle continuait également à refuser de s'inscrire auprès de la préfecture et de bénéficier ainsi des actions collectives visant à l'obtention d'un logement pérenne pour tous les Syriens de Toulouse.

Christian et Mireille s'arrachaient les cheveux, mais c'était comme si quelque chose – qu'ils ne comprenaient pas – empêchait Nooda d'accepter cette aide.

Un matin, avant de partir au lycée, Arthur posa un sac de sport sur la table de la cuisine, l'ouvrit et en sortit une paire de crampons, un maillot, des chaussettes et un short de rugby.

– Tiens ! Tu vas peut-être un peu flotter là-dedans, mais je n'ai pas plus petit, dit-il à Adnan.

– Qu'est-ce que tu veux que j'en fasse ?

– Que tu les mettes.

– Là, maintenant ?

Arthur sourit.

– Non. Cet après-midi, à l'entraînement. J'ai rugby UNSS à quatorze heures. J'ai parlé de toi à mon prof de sport. Il est d'accord pour que tu fasses une séance d'initiation avec nous.

– Mais je n'ai jamais joué au rugby !

Arthur éclata de rire.

– C'est pour ça que ça s'appelle une séance d'initiation.

– J'ai bien compris. Mais pour vous qui jouez depuis des années, c'est un entraînement normal.

Cette fois, Arthur se moqua carrément d'Adnan :

– Avoue que tu as peur ! Vous les footeux, vous êtes de vraies poules mouillées.

– Ce n'est pas la question. Je vais vous gêner plus qu'autre chose.

– Sois tranquille, vu que tu n'es pas licencié, tu n'es pas couvert par l'assurance du lycée en cas de blessure. Donc, le prof nous a fait promettre d'y aller doucement avec toi.

– Nous ?

– Les copains de l'équipe. Je leur ai raconté ton histoire. Ils n'ont jamais vu de Syrien en vrai. Tout le monde est impatient de te rencontrer.

– Ah, d'accord ! En fait, ce n'est pas une séance d'initiation pour moi. Tu amènes ton nouveau jouet pour le montrer à tes copains.

– Rôô, ne le prends pas comme ça ! Ils sont curieux de te voir, c'est tout. C'est l'occasion de leur expliquer ce qui se passe dans ton pays, et à Toulouse par rapport aux migrants.

Arthur faisait référence à une conversation qu'ils avaient eue la veille avec ses parents au sujet de la cinquantaine de familles qui occupaient toujours la barre d'appartements voués à la destruction, au cœur du quartier des Izards.

L'office HLM venait d'intenter une action en justice contre les réfugiés pour leur réclamer un loyer rétroactif de plusieurs mois, soulevant une indignation toute relative parmi la population toulousaine.

Arthur, lui, s'était indigné : « On demande à des gens qui ont fui la guerre, qui ont tout perdu… de payer un loyer pour des appartements qui devaient être rasés de toute façon ! »

Pourtant, le tribunal de grande instance de Toulouse avait donné raison à l'office HLM, propriétaire de l'immeuble.

Arthur ne comprenait pas la justice de son pays. Même son père, qui n'avait pas montré un grand intérêt pour la question jusque-là, reconnut que l'issue du procès ne manquait pas de cynisme.

– Réfugiés, dit Adnan.

Arthur sortit de ses pensées.

– Hein ?

– Nous sommes des réfugiés, pas des migrants.

– Oui, bon, réfugiés, si tu préfères.

– Je préfère.

– Alors, c'est d'accord ? On se retrouve à treize heures quarante-cinq à la sortie du métro Paul-Sabatier. N'oublie pas tes affaires.

Arthur ne laissait pas le choix à Adnan. C'était moins une invitation qu'une convocation, mais Adnan appréciait la générosité de son ami, conscient que celui-ci partageait tout ce qu'il aimait avec lui et faisait son possible pour rendre son séjour en France plus supportable. Il souriait encore lorsque Mireille le rejoignit à la cuisine.

– Tu as été recruté pour le rugby, à ce que j'ai entendu ?

– Il semblerait, même si je ne suis pas convaincu que l'équipe d'Arthur fasse une affaire.

Mireille sourit et posa un livre sur la table.

– Tu donneras ça à ta maman. Je l'ai emprunté à la médiathèque pour elle. C'est un titre qu'elle m'avait demandé.

– Ah ? Merci pour elle.

Mireille ne s'en était pas ouverte à son mari, par peur des railleries, mais elle appréciait de plus en plus les discussions avec Nooda. En sa présence, elle se sentait en confiance, mais surtout elle se laissait aller à parler de certaines choses sans risquer d'être jugée. Souvent, elles n'abordaient que leurs problèmes de femmes et de mères, mais Nooda, parce qu'elle était une femme intelligente et instruite, apportait à Mireille un éclairage nouveau sur ces questions. C'était une sensation qu'elle ne connaissait pas avec ses autres amies.

– Elle peut passer à la boutique, cet après-midi, si elle le souhaite, dit-elle à Adnan.

– Vous savez, elle quitte peu la caravane.

Mireille prit un air de conspiratrice :

– Dis-lui que je l'invite à boire un thé. On ne refuse pas une invitation, dans notre pays.

– Dans le nôtre non plus.

La mère d'Arthur afficha un visage espiègle.

– À plus forte raison.

– D'accord, je le lui dirai.

*

Quand il monta sur le terrain, les coéquipiers d'Arthur vinrent serrer la main d'Adnan et lui souhaitèrent la bienvenue.

Le Syrien ne s'attendait pas à un tel accueil. En tant qu'amateur de football, comme la grande majorité des garçons de son pays, il ne connaissait pas le monde du rugby. Apparemment, les rapports entre joueurs étaient chaleureux.

Les copains d'Arthur étaient surtout bienveillants. Et il leur en fallut, de la bienveillance, pour ne pas éclater de rire lorsque Adnan prit part aux premières actions.

Non seulement il ne comprenait rien à la philosophie du jeu qui consistait à attraper le ballon à deux mains et à le passer en arrière pour avancer, mais sur le plan physique il s'avérait inadapté à ce sport beaucoup plus violent que le football.

L'entraîneur donna pour instructions d'éviter les contacts trop directs et de faire des passes à Adnan, prioritairement. Bien que celui-ci soit désemparé par les réactions imprévisibles du ballon ovale, il eut l'illusion de s'adapter rapidement, sans se rendre compte qu'on le laissait jouer sans lui opposer de véritable résistance.

Il quitta le terrain après une heure et demie d'entraînement, épuisé mais fier de lui.

– Ça fait du bien, hein ? lui dit Arthur quand ils furent sous la douche.

– Je suis mort. Ça faisait longtemps que je n'avais pas fait d'exercice.

– Ça t'a plu ?

– Ah ouais. Vachement.

– C'est mieux que le football, pas vrai ? lança un des deux piliers qui les avaient rejoints.

– C'est différent...

– Allez, avoue que c'est pas naturel de courir sans pouvoir se servir de ses bras. Vous, les footeux, vous ressemblez à des pingouins.

Les deux première ligne éclatèrent de rire.

Adnan ne releva pas. En effet, footballeurs et rugbymen ne partageaient pas les mêmes morphologies. Si les premiers s'apparentaient au pingouin, les deuxièmes relevaient du bovin. Il suffisait d'observer le cou du talonneur qui venait de prendre la place d'Adnan sous la douche pour s'en faire une idée.

– Tu sais que ma mère essaie de convaincre la tienne de t'inscrire au lycée ? dit Arthur alors qu'ils étaient en train de se rhabiller.

– Oui. Elle m'en a parlé. Elle m'a même dit qu'elles s'étaient plus ou moins engueulées à ce propos.

– Ah bon ?

– Pas vraiment engueulées, parce que ma mère aime beaucoup tes parents et elle est très reconnaissante de l'aide que vous nous avez apportée... Mais ta mère insiste trop sur cette histoire de lycée. La mienne n'est pas d'accord pour que je me montre en public.

Arthur eut un geste d'incompréhension.

– C'est con, dit-il, toi qui aimes tant étudier. On y va ?

Arthur ne fit pas davantage de révélations à Adnan. Il n'était pas certain que sa mère avait mis Nooda au courant de ses démarches auprès de la direction du lycée Bellevue et du Réseau éducation sans frontières pour qu'Adnan puisse reprendre une scolarité normale.

De toute évidence, il est désireux d'apprendre, et ses capacités sont au-dessus de la moyenne ; il est dommage que ce terrain reste en friche plus longtemps à une période aussi cruciale de son développement, avait-elle écrit dans un courrier qu'il avait lu par-dessus son épaule.

Adnan et Arthur prirent le métro en compagnie de deux rugbymen qui habitaient sur la ligne B, eux aussi.

Adnan observait les trois garçons alors qu'ils évoquaient les frasques d'un enseignant qui – c'était le bruit qui courait sur Facebook – avait été interpellé au volant en état d'ébriété.

– C'est le père de Simon qui le lui a dit, argua l'un des rugbymen.

– Qu'est-ce qu'il en sait, le père de Simon ? répondit Arthur.

– Il est flic.

– Mouais... Moi, je me méfie des rumeurs.

– En tout cas, Anglade n'est jamais arrivé en cours bourré, dit l'autre.

– Oui. Après tout, il fait ce qu'il veut en dehors du lycée, ça nous regarde pas, abonda Arthur.

Adnan trouvait Arthur plus volubile en présence de ses camarades de rugby qu'en tête à tête avec lui. Les trois garçons parlaient si haut qu'à eux seuls, ils couvraient les conversations de toute la rame.

Il se demanda si la véritable nature de son ami se révélait là, ou si le groupe était la cause de ce changement... Ou peut-être la fille assise pas loin, qui était sortie du lycée en même temps qu'eux et à laquelle Arthur faisait semblant de ne pas s'intéresser. Pourtant, les regards en coin qu'il lui lançait n'échappaient pas à Adnan.

Celui-ci s'amusa de l'attitude d'Arthur et de ses efforts pour impressionner la jeune fille tout en essayant de les dissimuler. Il faut dire qu'elle était très belle. Typiquement française, aux yeux d'Adnan : blonde et hautaine, libre et consciente de l'effet qu'elle faisait à des garçons comme Arthur et ses copains. En Syrie, les filles et les garçons étaient tout aussi intéressés les uns par les autres, mais ils ne se mélangeaient pas de cette façon au lycée... Encore moins en dehors.

La une d'un gratuit abandonné sur le siège à côté de lui attira son attention. *Un squat vandalisé aux Izards. Plus de 200 réfugiés syriens sous le choc.*

Adnan se précipita sur le journal pour lire l'article.

L'immeuble occupé par une cinquantaine de familles syriennes dans le quartier des Izards a été vandalisé par des individus cagoulés et armés de pieds-de-biche. Selon les témoins, les casseurs étaient une douzaine, et l'opération n'a pas duré plus de vingt minutes. Les auteurs du saccage avaient disparu au moment où la police arrivait sur place. On ne déplore heureusement aucune victime. En effet, les lieux étaient déserts quand les casseurs ont fait irruption. Selon nos sources, les occupants se trouvaient au moment des faits à la préfecture où ils avaient été convoqués pour faire régulariser leur situation administrative.

Arthur, réagissant à la blague d'un de ses copains, éclata de rire sans remarquer l'émotion de son ami.

Adnan leva les yeux vers lui, et c'est à ce moment qu'Arthur prit conscience que quelque chose n'allait pas.

– Qu'est-ce qu'il y a ?

Adnan se leva et regarda en direction des deux copains d'Arthur qui continuaient à plaisanter.

– Rien. Ça va.

Arthur n'en crut pas un mot, mais il comprit qu'Adnan ne dirait rien devant des inconnus. De toute façon, ils étaient presque arrivés.

La rame ralentit ; Arthur salua ses copains.

Dès qu'ils furent sortis du métro, Adnan lui tendit le journal.

– Tiens, regarde. Des mecs ont attaqué le squat des Izards.

Arthur parcourut l'article.

– Y a pas de blessés. Il n'y avait personne, dit-il sur un ton qui se voulait rassurant.

– C'est quand même une agression. C'est un avertissement.

– Comment ça ?

– Ça signifie : « Dégagez, sinon la prochaine fois, on s'en prend à vous physiquement. »

Arthur aurait voulu dédramatiser l'événement, parce que son ami était visiblement ébranlé ; mais il devait reconnaître que ça ressemblait fort à ce que son professeur d'histoire appelait un *pogrom*... Comme en avaient été victimes les Juifs en Europe de l'Est.

Ils rentrèrent chez les Hacquard d'un pas lourd, qui n'était pas imputable à la seule mauvaise nouvelle en provenance du squat des Syriens : Adnan avait mal partout. Ses muscles s'étant refroidis, il commençait à ressentir des courbatures.

Cependant, il accéléra le pas lorsqu'il aperçut sa mère devant le domicile de leurs amis. Elle les attendait et semblait agitée.

Dès qu'ils furent à portée de voix, elle dit :

– Vous êtes au courant ?

Les deux garçons comprirent tout de suite de quoi elle parlait, mais Arthur, s'il était choqué par l'agression, n'y voyait qu'un événement sans gravité, en l'absence de victimes. Adnan, lui, parce qu'il avait vécu deux ans dans des camps du Haut-Commissariat aux réfugiés, puis en caravane, savait ce qu'impliquait de vivre dans un endroit sans portes ni fenêtres en plein hiver.

– Vous vous rendez compte, expliqua-t-elle, ils les ont convoqués tous en même temps à la préfecture, soi-disant pour étudier leurs dossiers au cas par cas. Pendant ce temps, des gros bras saccageaient l'immeuble ! Avouez que la concomitance est troublante !

Arthur ne voulut pas avouer son ignorance, mais il ne connaissait pas le mot *concomitance*. Même en colère, la maman d'Adnan avait un vocabulaire plus riche que le sien !

– Dès que j'ai appris ce qui s'était passé, j'y suis allée. La plupart des familles ont décidé de rester malgré tout. Dans le quartier, il y a un superbe élan de solidarité. Des gens apportent des couvertures, des vêtements chauds...

– Ne restons pas sur le trottoir, dit Arthur. Allons goûter. Je ne sais pas toi, mais moi je meurs de faim après l'entraînement, lança-t-il à Adnan.

Puis, s'adressant à Nooda :

– Maman rentre vers sept heures et demie le mercredi, mais vous pouvez l'attendre à l'intérieur.

– Je ne veux pas déranger...

– Au contraire, ça lui fera plaisir de vous voir. Et puis elle m'engueulera si elle apprend que je vous ai laissée repartir sans vous faire entrer.

Après un copieux goûter à base de brioches industrielles et de Nutella, des « cochonneries », comme disait

Arthur qui profitait de l'absence de ses parents pour s'en goinfrer, les deux garçons montèrent dans leur chambre. Arthur avait de l'anglais à faire, et Adnan proposa de l'aider.

De son côté, Nooda s'installa dans le salon. Elle choisit un livre dans la bibliothèque des Hacquard, mais le referma après quelques lignes, trop contrariée pour lire.

Il lui tardait que Mireille rentre pour pouvoir soulager le poids qu'elle avait sur la poitrine. Son amie la comprendrait, et le simple fait de se confier à elle l'apaiserait.

9

Adnan s'arrachait les cheveux depuis une demi-heure. Arthur devait préparer un exposé sur l'Australie et il commettait une erreur tous les deux mots.

– Trente kilomètres seulement séparent la France de la Grande-Bretagne, comment peux-tu parler aussi mal ? On croirait entendre un Palestinien !

– Pourquoi ? Comment ils parlent, les Palestiniens ?

– T'as jamais entendu un discours de Mahmoud Abbas ? C'est de l'anglais en tajine.

– Pff. Et c'est un Syrien qui dit ça !

– Pour toi, évidemment, Syriens, Palestiniens, c'est du pareil au même.

– Ben oui. Vous êtes tous des Arabes !

– Bien sûr : une seule et même famille, unie et solidaire ! C'est pour ça que les Syriens viennent en France en ce moment... Pour vous apprendre à vivre en harmonie avec vos voisins.

Les deux amis se livraient souvent à ce genre de joutes qui finissaient en éclats de rire. Puis, ils reprirent le devoir :

– *The kangaroo is the symbolic animal of Australia. Yet, rabbits are more numerous there since an Englishman has imported a couple of rabbits for hunt them...*

– *Have been more numerous since an Englishman imported...*

– *What?*

– *Have been. Imported.*

– *It is what I have said!*

– Non.

– *What is wrong?*

– Les temps de conjugaison !

– Ben *what, the* conjugaison ?

– Laisse tomber.

Après le chaos de la guerre, la mort de son père, le traumatisme de la fuite et l'angoisse de deux années passées dans la clandestinité, Adnan avait l'impression de revivre. Plaisanter avec un ami, jouer au ballon – même s'il était ovale –, marcher dans la rue sans craindre de se faire repérer par la police… autant de plaisirs simples, de moments de joie qu'il avait fini par oublier, auxquels il ne croyait plus avoir droit.

– Pour une fois, je vais suivre ton conseil, dit Arthur : je laisse tomber. On descend la PlayStation pour jouer sur l'écran géant du salon ?

Les deux garçons étaient vautrés dans le canapé et Nooda s'était réfugiée à la cuisine quand Mireille arriva enfin, accompagnée de Christian.

Celui-ci était passé la chercher à la boutique pour la raccompagner. Il avait proposé de commander des sushis pour tout le monde.

Arthur se fit la réflexion que, décidément, on voyait beaucoup le médecin depuis quelque temps. Il n'en fit pas part à Adnan, mais il le regarda du coin de l'œil pour vérifier si, comme lui, il pensait qu'il y avait anguille sous roche.

Entre deux parties de *Call of duty*, il entendit Nooda expliquer au médecin et à sa mère ce qu'elle avait appris dans la presse.

Christian confirma en citant un article qu'il avait lui-même lu dans *La Dépêche du Midi*.

– Il y a des enfants, parmi eux… Des personnes âgées. On est en plein hiver, s'insurgea Nooda.

– C'est vrai que s'ils voulaient leur donner le choix entre partir ou mourir de froid, ils ne s'y prendraient pas autrement, convint le médecin.

– Vous voyez, nous sommes plus en sécurité dans notre caravane ! dit Nooda.

Arthur proposa à Adnan de mettre le jeu vidéo en pause et de rejoindre les adultes.

Peu de temps après, son père rentra lui aussi du travail. Étonnamment, il ne sembla pas agacé par la présence de Nooda et Adnan. Au contraire, il se montra intéressé de savoir ce qui pouvait être la cause d'une telle agitation dans la cuisine et parut sincèrement désolé d'apprendre les déboires de leurs compatriotes.

Finalement, se dit Arthur, sa mère n'avait peut-être pas tort lorsqu'elle lui avait dit que son père avait un sale caractère mais un bon fond.

Ainsi, les événements récents avaient donné raison à Nooda : elle était presque mieux lotie dans sa caravane que dans le squat officiel géré par le Secours populaire. Les institutions ne semblaient pas capables de protéger les ressortissants syriens ; pire, Nooda les soupçonnait d'être complices de la cavale juridique montée contre eux dans le but de les expulser de l'immeuble où ils avaient trouvé refuge !

Arthur bouillait intérieurement. Ses parents et Christian étaient impuissants. Pourtant, il fallait faire quelque chose pour Adnan et Nooda. On ne pouvait pas les laisser dans l'incertitude plus longtemps.

– Tu ne connais pas du monde à la mairie, toi ? demanda-t-il à Christian.

– Si. Pourquoi ?

– Parce que j'ai l'impression qu'elle s'acharne sur les réfugiés syriens.

– La mairie n'est pas en cause. C'est la préfecture, en l'occurrence. Il ne faut pas tout mélanger.

– Tu te vantes toujours d'avoir des réseaux... Qu'est-ce que tu attends pour te servir de ton carnet d'adresses ?

– Arthur ! (Sa mère lui jeta un regard noir.) Adresse-toi à Christian sur un autre ton, je te prie.

– Il n'y a pas de mal, dit l'intéressé. Il se trouve que, justement, j'ai contacté quelqu'un à la préfecture, ces derniers jours. Il m'a laissé entendre que les ordres venaient de tout en haut. Ce sera difficile de faire quelque chose pour Nooda et Adnan.

Le visage de Nooda se décomposa.

– Vous avez parlé de nous ? dit-elle dans un murmure.

– Oui.

– Quel nom leur avez-vous donné ?

Sa voix s'était raffermie.

– Eh bien, le vôtre.

– Lequel ? s'énerva-t-elle.

– Votre vrai nom, évidemment... Beltoja.

– Pardon ?

– C'est bien votre nom ?

– Mais de quel droit ?

Christian ouvrit de grands yeux, se demandant si Nooda plaisantait ou si elle était véritablement ulcérée. L'expression sur son visage ne laissait pourtant guère de doute.

– Je... je ne comprends pas... C'était pour... Je voulais vous aider.

– Je vous avais dit qu'il ne fallait à aucun prix mentionner notre nom auprès des autorités, que c'était dangereux pour nous ! Ce n'est pas pour rien que nous vivons à Toulouse sous une fausse identité !

– Je n'ai pas parlé de vous à la police, vous ne risquez rien. Il s'agit de quelqu'un qui peut vous obtenir des papiers et un titre de séjour...

– Quelqu'un de la préfecture ! La préfecture, Christian !

Nooda s'exprimait avec une telle véhémence, mâtinée de panique, que Christian et Mireille en demeurèrent stupéfaits.

– Vous n'avez rien à craindre, c'est un ami qui me doit la vie, littéralement. Qui plus est, c'est quelqu'un de très discret.

– Mais c'est incroyable que vous cherchiez à m'aider malgré moi !

– Précisément...

– Vous pensez peut-être que je suis trop idiote pour comprendre où vont mes intérêts, c'est cela ?

– Pas du tout...

– Qu'est-ce que vous savez, vous, de la survie ? du danger ? de nos ennemis ? des agents de Bachar ?

Christian en resta sans voix. Il se tourna vers Mireille pour chercher son soutien, mais elle-même ne trouva rien à répondre.

Alors que Nooda se levait et enfilait son manteau, Arthur contemplait la scène avec effroi. Christian, le docteur Zamparutti, l'adulte qu'il considérait comme le plus sensé et le plus fiable... pris en défaut ! Comme un enfant la main dans le pot de confiture. Il n'avait pas écouté Nooda. À cause de lui, ses amis étaient en danger.

– Tu viens, Adnan ?

Son fils regarda Arthur.

– On avait dit que je dormais ici.

Puisque les résultats scolaires d'Arthur remontaient, le père d'Arthur ne s'y opposait plus. Il ne voyait plus cette relation d'un si mauvais œil, le jeune Syrien s'avérant un invité de très bonne compagnie.

La mère d'Adnan ne discuta pas. Elle se retourna et traversa le hall d'entrée avant de refermer la porte derrière elle.

Adnan s'en voulut immédiatement et bondit pour la rattraper.

– Maman, cria-t-il alors qu'elle se trouvait encore dans l'allée. (Nooda se retourna.) Attends, je viens avec toi, finalement.

– Non, reste. Je comprends que tu veuilles passer du temps avec Arthur.

Adnan prit sa mère par les épaules. Sans qu'il en soit conscient, c'était le même geste que son père avait quand il voulait la rassurer. Nooda en tressaillit.

– Christian pensait bien faire, dit Adnan.

– Je sais. C'est quelqu'un de bien. Ces gens sont très généreux, mais ils ne se rendent pas compte.

– Tu es sûre que le risque est si grand pour nous ?

Elle émit un soupir las.

– Tu n'imagines pas ce dont ils sont capables.

– On est à Toulouse, en France, maman. Ça fait plus d'un an qu'on vit ici, on n'a jamais eu de problèmes.

– Bachar a des agents partout. Il traque les opposants au régime dans toute l'Europe.

– Il a d’autres chats à fouetter. Tu ne crois pas ?

– Je sais de quoi je parle, mon fils.

Elle se mit sur la pointe des pieds pour déposer un baiser sur son front. Il la serra très fort.

– Dors bien, dit-elle.

– Toi aussi, rentre bien.

10

Les deux garçons discutèrent jusque tard dans la nuit des événements de la soirée : le saccage du squat des Izards, la dispute entre Nooda et Christian...

– J'espère qu'elle ne sera pas trop longtemps en colère contre nous, dit Arthur au moment d'éteindre sa lampe de chevet.

Adnan se leva pour rejoindre sa chambre.

– Elle n'est pas en colère, elle a peur. C'est différent, rétorqua-t-il avant de laisser son ami.

Cette dernière remarque donna à réfléchir à Arthur. Il se rappela que Nooda avait perdu un mari, Adnan un père. Ça expliquait ce que Christian et ses parents avaient tendance à confondre avec de la paranoïa.

En tout cas, Christian devait s'en vouloir, à l'heure qu'il était. « S'il comptait déclarer sa flamme à Nooda ce soir, c'est raté », pensa Arthur.

Puis, la fatigue de l'entraînement aidant, il finit par trouver le sommeil.

Tout le monde commençait tôt le jeudi matin, aussi le petit déjeuner fut-il pris en famille. Adnan, bien qu'il n'ait rien à faire, se leva également pour partager ce premier repas de la journée avec les Hacquard.

Après qu'il s'était installé à table, à la grande surprise de tout le monde, Étienne lui tendit un trousseau de clefs.

– Je t'ai fait faire un double, ainsi tu pourras aller et venir à ta guise sans être tributaire des horaires des uns et des autres.

Adnan le dévisagea sans trop y croire. Le père d'Arthur était décidément imprévisible. Après l'avoir considéré comme un indésirable sous son toit, il lui donnait un accès illimité à sa maison, lui témoignant ainsi une confiance totale.

Le jeune homme s'empourpra et le remercia maladroitement, la gorge serrée par l'émotion.

Mireille ne voulut pas montrer de façon trop ostentatoire qu'elle aussi était touchée par le geste de son mari.

Cela l'aurait embarrassé. Cependant, le baiser sur les lèvres que les deux époux échangèrent pour se souhaiter une bonne journée n'échappa pas à Arthur. C'était la première fois depuis longtemps qu'ils se laissaient aller à une telle marque d'affection.

Adnan le remarqua aussi, et les deux garçons s'adressèrent un clin d'œil complice.

Au moment du départ, Adnan décida d'accompagner Arthur au métro.

Quand ils arrivèrent à la station, les deux amis étaient en pleine discussion. Comme ils ne pouvaient se résoudre à l'interrompre si tôt, Adnan sauta par-dessus le tourniquet et descendit sur le quai avec Arthur.

Il était de bonne humeur et, juste avant que les portes ne se referment, il monta dans le wagon pour aller jusqu'au lycée avec son copain, heureux de tant de liberté.

Arthur éclata de rire. Seul un véritable ami pouvait faire ça !

Adnan aussi rit, mais aussitôt, il repensa à sa mère. Il s'amusait avec son copain alors que la veille, elle avait exprimé son inquiétude ; un voile assombrit son sourire. Il irait la voir dès qu'il le pourrait, mais il voulait d'abord se rendre à la bibliothèque universitaire de la fac de sciences, en face du lycée.

Il ne rentra à la caravane qu'en fin de matinée. Quand il fut sur place, il eut l'impression de sortir brusquement d'un rêve.

L'entrée de la caravane était béante. La porte en avait été arrachée et gisait dans l'herbe à quelques mètres du sentier. Adnan gravit le marchepied d'un bond.

Un désordre sans nom régnait dans le petit espace. Le peu de vaisselle et de couverts qu'ils possédaient, les rares ustensiles de cuisine, les denrées apportées par Mireille, leurs vêtements... tout avait été renversé sur le sol. Le lit avait été retourné. Quelqu'un avait fouillé la caravane de fond en comble. Mais à la recherche de quoi ? Et où était sa mère ?

Adnan ressortit et l'appela. Il repensa aux clochards qui les avaient attaqués deux semaines auparavant. Ils n'étaient pas les seuls à leur en vouloir : il y avait aussi les passeurs auxquels ils avaient eu affaire... Ceux-là mêmes qui les avaient dépouillés de leurs passeports. Ils reprochaient à sa mère de défier leur autorité en n'acceptant pas de rentrer dans leur giron et en vivant à part du groupe qu'ils contrôlaient, au squat des Izards.

Adnan chercha un signe de sa mère, une note. En vain. Son bonnet et ses gants faisaient partie des affaires répandues par terre. Avec le froid au-dehors, cela ne laissait pas de place au doute : elle était partie précipitamment ou, pire, elle avait été emmenée de force.

Une bouffée de panique s'empara du garçon. Son front se couvrit de sueur.

Et si...

Il n'avait jamais envisagé cette éventualité : que deviendrait-il si quelque chose arrivait à sa mère ? Elle avait toujours été là pour détourner les coups du mauvais sort ou les encaisser pour tous les deux.

Soudain, il se sentit perdu comme un enfant. Des sanglots comprimèrent sa poitrine, et c'est en pleurant qu'il s'élança en direction de la rue de la Balance.

La maison des Hacquard était vide, bien entendu, mais il y avait un téléphone fixe. Midi trente, Arthur devait être sorti de cours et se diriger vers la cantine. Adnan connaissait son numéro de portable par cœur.

Arthur décrocha aussitôt qu'il découvrit le nom du contact, *Maison*. Ça ne pouvait être qu'Adnan.

– Ouais ? Qu'est-ce qu'il y a ? Tu veux savoir où se trouvent les réserves de PQ ?

– Arrête tes conneries...

Le ton d'Adnan n'était pas à la plaisanterie et Arthur perçut tout de suite la panique de son ami.

– Ma mère a disparu.

En quelques phrases, Adnan expliqua la situation à Arthur : la caravane, la porte arrachée, l'intérieur sens dessus dessous, l'absence de sa mère…

– J'arrive, dit Arthur.

– Retrouve-moi à la caravane directement.

– OK. J'y serai dans trois quarts d'heure.

Quand Arthur parvint à la voie ferrée, la première chose qu'il vit fut les parois de la caravane, noircies par les flammes ; puis il constata qu'elle était ouverte aux quatre vents.

Adnan vint à sa rencontre.

Ensemble, ils firent une inspection des lieux. C'était tel qu'Adnan l'avait décrit au téléphone.

– On devrait prévenir la police, déclara Arthur après avoir constaté l'ampleur des dégâts.

– Pas la police. Ma mère…

– Je sais, elle dirait que vous n'avez pas de papiers et que vous pourriez être expulsés. Mais elle a disparu ! Elle risque bien plus que l'expulsion…

Des larmes apparurent dans les yeux d'Adnan.

– Désolé, dit Arthur.

Il posa une main qui se voulait rassurante sur l'épaule de son ami.

– Elle rend parfois visite aux réfugiés des Izards. Elle a pu aller là-bas ce matin, et certains en auront profité pour pénétrer dans votre caravane.

– Elle m'aurait prévenu, elle m'aurait laissé un mot.

– Peut-être qu'en fouillant dans vos affaires, ceux qui ont fait ça l'ont trouvé et jeté dans un coin, ou détruit.

Adnan haussa les épaules et renifla. Il commença à ramasser quelques vêtements. Arthur voulut l'aider à ranger, mais il se ravisa.

– On ne devrait toucher à rien, dit-il.

Adnan le regarda sans comprendre.

– On ne sait jamais. S'il y a des empreintes, il ne faudrait pas que la police nous reproche d'avoir touché à des preuves.

– Pourquoi, tu penses que... ?

– On ne sait pas ce qui s'est passé. Il ne faut rien exclure.

Adnan jeta un regard circulaire sur les affaires éparses. Les paroles d'Arthur rendaient les choses d'autant plus réelles et graves.

Ils cherchèrent des yeux un mot que Nooda aurait pu laisser ; en vain. Puis ils reculèrent et sortirent de la caravane en prenant soin de ne rien déplacer ou piétiner.

Dès qu'ils furent en bas du marchepied, sans prévenir, Adnan se mit à courir en direction du quartier des Izards.

– Qu'est-ce qui te prend ? cria Arthur.

Adnan ne ralentit pas. Il était déjà au niveau de l'ancienne gare et s'apprêtait à dévaler l'autre versant du talus. Il allait disparaître d'un instant à l'autre.

– Attends-moi ! lança Arthur.

Cette fois, Adnan s'immobilisa.

Arthur gravit la butte et se précipita à son tour le long de la voie ferrée.

11

Arthur connaissait la réputation des Izards. Coupe-gorge, plaque tournante de la drogue… Il avait entendu de nombreux récits de bagarres, de règlements de comptes entre dealers et de violences urbaines.

Quand une voiture de police ou un camion des pompiers passait en trombe, sirène hurlante, sur l'avenue Honoré-Serres, à deux pas de sa rue, on pouvait être certain qu'ils se dirigeaient vers les Izards pour arrêter un trafiquant ou éteindre un incendie de véhicule.

Arthur ignorait si ces histoires faisaient partie de la légende du quartier ou si cette réputation était méritée.

Depuis qu'ils vivaient à Toulouse, la mère d'Adnan se rendait plusieurs fois par semaine au squat de ses compatriotes, en plein cœur du quartier, alors qu'Arthur, né à Toulouse, n'y avait jamais mis les pieds. Elle lui en avait rapporté un son de cloche très différent.

Selon elle, il existait une véritable solidarité des familles maghrébines des Izards envers les gens de son pays. Ils ne parlaient pas tout à fait le même arabe mais parvenaient à se comprendre. Même les dealers avaient accepté d'évacuer la barre dans laquelle les réfugiés avaient élu domicile, aidés par le Secours populaire. Ils avaient déplacé leur business un peu plus loin sans trop rechigner.

Quand Nooda avait évoqué ces trafiquants cédant leur territoire à des miséreux, Étienne et Christian avaient eu du mal à y croire.

Au moment où Adnan et lui pénétraient dans la cité, Arthur se fit la réflexion que, des deux, son ami était celui qui passait le plus inaperçu. En effet, Arthur était le seul garçon de son âge aux cheveux blonds et à la peau si pâle. Mais, contrairement à ses idées reçues, ils traversèrent l'esplanade du métro sans encombre et s'enfoncèrent entre les tours et les barres en ne suscitant aucune réaction hostile. On les dévisageait, certes, mais on ne s'occupait pas davantage d'eux.

Ils parvinrent à la barre tout en longueur, censée abriter les Syriens.

Adnan avait l'air de savoir où il allait.

– Tu es déjà venu ici ? lui demanda Arthur.

Son ami ne répondit pas. Il se dirigea droit vers l'une des entrées de l'immeuble. Le verre dépoli de la porte avait été brisé.

Comme indiqué dans l'article de *La Dépêche du Midi*, les portes des appartements avaient été dégondées à coups de masse, les fenêtres des parties communes mises en pièces... Des détritus jonchaient le sol, et un vent froid s'engouffrait dans les couloirs. Il régnait une atmosphère qui rappelait celle de la caravane.

Mais, loin d'être vide, l'immeuble abritait toujours ses occupants. Pas intimidés par la descente organisée par l'office HLM, ils faisaient de la résistance. Ils avaient remplacé leurs portes par des panneaux de carton et leurs fenêtres par des couvertures tendues entre les montants.

Arthur toujours sur ses talons, Adnan se mit à toquer aux chambranles en criant « Mèma ». Des gens émergeaient des appartements, le saluaient en le reconnaissant et lui demandaient ce qu'il voulait. Adnan répondait quelque chose, attendait une réponse, puis passait rapidement à une autre porte. Les gens restaient sur le seuil de leur appartement, continuaient à s'adresser à lui ou se mettaient à parler entre eux de palier à palier. Une cacophonie de conversations, d'interjections et de cris monta ; le brouhaha augmentait au fur et à mesure qu'Adnan et Arthur avançaient dans le couloir.

Ils passèrent ensuite dans les étages, aussi occupés par des réfugiés. Adnan traduisait à Arthur ce que les gens lui disaient ; partout, c'était la même réponse : « Nooda n'est pas là, on ne l'a pas vue ce matin. »

Quand ils ressortirent du bâtiment, l'inquiétude d'Adnan s'était transformée en panique. Si sa mère n'était ni à la caravane ni ici, où pouvait-elle se trouver ?

– Le Secours populaire, avenue des États-Unis ! s'écria-t-il.

– Attends, Adnan...

– Elle y passe de temps en temps.

Il était déjà reparti.

Mais là-bas, le résultat fut tout aussi décevant : les bénévoles du Secours populaire voyaient très bien de qui les deux adolescents voulaient parler. Nooda avait bénéficié de leur aide, au début ; depuis quelque temps, elle donnait un coup de main lorsqu'il y avait de gros arrivages de vêtements à trier. Mais ils ne l'avaient pas croisée depuis plusieurs jours.

Quant aux Restos du cœur, ils trouvèrent le local fermé jusqu'au soir.

Les deux garçons se tenaient devant le bâtiment associatif orné d'une enseigne à l'effigie de Coluche, lorsqu'une Volkswagen blanche se gara en double file à leur niveau. Le passager, un homme d'une trentaine d'années, baissa la vitre et appela Adnan. Celui-ci le reconnut et lui adressa un bonjour circonspect. Le chauffeur, avec les cheveux aussi longs que l'autre les avait courts, lui sourit, tout en le saluant de la main.

– Qui c'est ? demanda Arthur à voix basse.

– Des mecs que j'ai déjà vus au squat, répondit Adnan.

Le passager parla en arabe et invita Adnan à monter à l'arrière du véhicule.

– Des réfugiés syriens qui possèdent une voiture ? s'étonna Arthur tout haut.

Il retint Adnan par le bras. Leurs regards se croisèrent : ils pensèrent la même chose.

– Viens, vite ! dit Arthur.

Il entendit l'un des hommes crier quelque chose à l'autre en arabe, et il se mit à courir à toute vitesse.

Avant de traverser la route de Launaguet, il s'assura qu'Adnan le suivait ; c'est là qu'il vit la voiture démarrer dans un crissement de pneus.

Heureusement, en ville, un piéton a plus de chances d'échapper à des poursuivants qu'une voiture. Une traboule entre deux villas tendait les bras aux garçons. Ils s'y engouffrèrent, traversèrent un terrain de pétanque jonché de détritus et de carcasses de scooters, et débouchèrent sur l'immense friche de la Cité blanche, en attente de reconversion. Futur espace vert public, jardins partagés, parking pour le métro ? La mairie hésitait et, depuis des années, c'était un terrain vague, idéal pour s'entraîner à mettre le feu à toutes sortes de véhicules volés.

Arthur et Adnan n'eurent aucun mal à disparaître dans des fourrés en attendant que ceux qui les recherchaient abandonnent la partie.

– Qui c'est, ces mecs ? Tu les connais ?

– Je t'ai dit : je les ai déjà vus, mais je ne les connais pas. J'ai jamais aimé leurs têtes.

– Ben ça, c'est sûr ! Ils ne nous voulaient pas que du bien. Qu'est-ce qu'ils t'ont dit ?

– Qu'ils savaient où se trouvait ma mère, que je n'avais qu'à monter pour la revoir.

– Ah, les salauds ! Tu crois que... ?

– Je ne sais pas. Je ne comprends pas. Pourquoi s'en prendraient-ils à nous ?

Arthur, de la position accroupie, se laissa tomber à terre.

Adnan devait l'admettre : sa mère avait bel et bien disparu sans laisser de traces ! La question était de savoir si elle avait fui devant un danger, ou si on l'avait enlevée. Était-elle retenue prisonnière ? Était-elle blessée... Ou plus grave ?

Le désordre dans leur caravane avait-il été causé par des gens qui cherchaient quelque chose, ou était-ce l'œuvre de racailles ayant profité de son absence ? Et ces deux Syriens, dans la Volkswagen blanche ? Savaient-ils quelque chose, comme ils le prétendaient, ou voulaient-ils simplement tirer avantage de la situation parce qu'ils avaient entendu dire qu'Adnan cherchait sa mère ?

Ils attendirent une demi-heure avant de bouger.

– On fait quoi, maintenant ? On va où ? demanda Arthur.

– La médiathèque ! Elle y va souvent pour se tenir au chaud et lire la presse.

– Quelle médiathèque ?

– Celle des Minimes.

– On retourne aux Minimes ?

Sa question – plus une jérémiade qu'une question – demeura sans réponse. Adnan s'élança et Arthur se mit dans son sillage. Ils n'échangèrent plus une seule parole jusqu'à leur destination.

Bien que rompu à la course à pied grâce au rugby, Arthur était encore fatigué par la série de sprints qu'Adnan lui avait fait faire entre les différents centres, distants d'un ou deux kilomètres chaque fois, et par les derniers quatre cents mètres, particulièrement éprouvants.

Son ami, par contre, ne paraissait sensible ni à la fatigue ni au froid. D'ailleurs, alors qu'ils atteignaient la barrière de Paris, de plus en plus inquiet, il se mit à accélérer.

Malheureusement, ils n'obtinrent pas davantage d'informations à la médiathèque. Là aussi, les employés connaissaient Nooda, mais ils ne l'avaient pas vue récemment.

Adnan se rendit compte qu'il n'y avait pas d'autre endroit où sa mère aurait pu se rendre. Il ne se savait plus où la chercher.

12

— On devrait rentrer. Mes parents vont s'inquiéter.

Les épaules voûtées, comme si toute énergie l'avait déserté, Adnan se laissa convaincre de suivre Arthur.

Celui-ci prenait un ton faussement enjoué : il avait prévenu ses parents. Ils n'avaient pas approuvé qu'il sèche les cours de l'après-midi, mais ils comprenaient le caractère exceptionnel et la gravité de la situation. Arthur espérait qu'ils auraient des nouvelles ; Adnan n'y croyait pas.

Un froid sec s'installait sur Toulouse. Il faisait grand soleil et on devinait les Pyrénées par endroits, entre deux immeubles. Mais Adnan se moquait des beautés de la ville en hiver.

Quand ils firent grincer le portillon de fer forgé, la mère d'Arthur se précipita sur le perron.

– Alors ? demanda-t-elle pendant qu'ils remontaient l'allée de gravier.

Arthur se contenta de faire non de la tête.

– Papa est là ? demanda-t-il.

Si Arthur réclamait son père, c'est que l'heure était grave. Cette impression fut confirmée par le visage fermé d'Adnan. Lui, si poli et avenant d'habitude, n'eut même pas un regard pour Mireille.

– Il est au commissariat, répondit-elle.

Adnan pivota sur lui-même.

– Au commissariat ? Il sait pourtant que...

– Ne vous voyant pas revenir, il a commencé à s'inquiéter. Nous n'avions pas le choix, de toute façon. Ta mère a besoin d'aide.

– Faire appel à la police n'est pas la meilleure solution pour nous aider. Au contraire !

– Qu'est-ce que tu proposes ?

Adnan ne trouva rien à répliquer. Il n'avait aucune idée de ce qu'il fallait faire maintenant qu'il s'était agité dans tous les sens.

– Ils ont eu raison, dit Arthur. Surtout après ce qui s'est passé tout à l'heure.

– Qu'est-ce qui s'est passé ? demanda sa mère, inquiète.

– Deux types, des Syriens, ils étaient à bord d'une voiture, et ils ont cherché à faire monter Adnan. On a trouvé ça louche, et on est partis en courant. Ensuite, ils nous ont pris en chasse.

Sa mère devint blême.

– Mais qu'est-ce qu'ils voulaient ? Ils vous ont parlé ?

– Ils prétendaient savoir où se trouvait ma mère, dit Adnan.

– Il faut absolument le dire à Étienne... Qu'il transmette cette information aux policiers.

– Je ne crois pas qu'ils disaient la vérité. C'était juste un piège pour m'attirer. Je ne les connais pas, mais ma mère m'a toujours dit de me méfier de ce genre de gens. Ce sont de mauvais Syriens qui profitent des jeunes sans famille pour les entraîner dans des choses pas bien.

– Comme quoi ? demanda Arthur.

– Des trafics. Des mauvaises actions.

Arthur contempla son ami. Il s'était fait ombrageux. On aurait dit qu'il avait dix ans de plus. D'ailleurs, il annonça :

– Je suis fatigué. Je vais me reposer.

Puis il disparut dans les escaliers.

Arthur regarda sa mère, décontenancé.

– Il est bizarre, tout à coup.

– Mets-toi un instant à sa place. Sa mère est tout ce qui lui reste. Elle est sa seule famille… Et on ne sait pas où elle est passée.

– Si on en parlait au détective privé, celui que vous avez employé pour me faire suivre ? suggéra Arthur.

– Ton père et moi avons envisagé cette possibilité. Cependant, nous pensons que ça dépasse les compétences de monsieur Pouzauges.

– Prenez-en un autre.

– Ce ne sont pas ses capacités qui sont en cause. C'est une histoire de prérogatives.

– Pourquoi ? Les détectives privés sont faits pour ça, retrouver des gens qui ont disparu !

– Quand les gens se sont perdus de vue, peut-être. Mais s'il s'agit d'un enlèvement, c'est plus grave. Il est important de prévenir la police le plus rapidement possible ; les premières heures après la disparition sont cruciales.

– Donc, vous pensez qu'elle a été enlevée ? demanda Arthur.

Mireille Hacquard bredouilla un début de réponse maladroite, sans parvenir à trouver une fin rassurante à sa phrase.

– Rejoins-le dans sa chambre et vois s'il n'a besoin de rien, dit-elle pour changer de sujet. Je suppose que vous n'avez pas eu le temps de déjeuner ?

– Non.

– Je vais vous préparer quelque chose. Je vous préviendrai quand ça sera prêt.

Mireille les appela peu après, les servit et s'assit à table pour leur tenir compagnie. Les deux adolescents mangèrent dans un silence auquel ils ne l'avaient pas habituée. Ils engloutirent un plat de nouilles et un reste de daube. Adnan s'en voulait de réussir à avaler de la nourriture alors qu'il était arrivé Dieu sait quoi à sa mère, mais c'était ainsi, il avait faim. Tout comme Arthur, à qui la course à pied avait ouvert l'appétit.

Au moment du dessert, Mireille reçut un message de son mari, lui demandant si elle avait des nouvelles. De son côté, il n'avait pas encore pu parler à un responsable. Il y avait beaucoup de monde avant lui dans la queue au commissariat.

Après le repas, Arthur et Adnan se réfugièrent dans leur antre.

Étienne ne rentra que deux heures plus tard. Lui non plus ne reconnut pas son fils et son ami quand il entrebâilla la porte de la chambre : pas de bruit, pas de PlayStation... Les deux garçons lisaient des BD, qui vautré sur le lit, qui avachi sur un pouf marocain.

Autre fait non coutumier, Arthur se leva pour accueillir son père au lieu de lui réserver l'animosité d'usage quand il osait s'aventurer sur son territoire.

– Qu'est-ce qu'ils ont dit ? demanda-t-il, plein d'espoir.

Adnan, plus circonspect mais tout aussi impatient d'entendre sa réponse, leva le nez de sa bande dessinée.

Étienne se pinça les lèvres et fit non de la tête. Puis il s'assit sur le rebord du lit et posa sa main sur l'épaule d'Adnan. Le jeune homme n'osa la lui ôter, mais en fut quelque peu dérouté. Le père d'Arthur ne l'avait pas traité de façon amicale jusqu'ici. Plutôt le contraire. Une telle marque d'empathie n'augurait rien de bon.

Étienne perçut le malaise du garçon et retira sa main.

– Je ne suis pas certain qu'ils m'aient pris au sérieux, lâcha-t-il. En tout cas, ils n'ont pas reçu de demande d'identification, mais ils ne feront aucun effort pour la retrouver.

– C'est quoi, une demande d'identification ? demanda Adnan.

Étienne fit une grimace.

– Eh bien... tu sais, quand on trouve un...

Étienne imagina le regard noir que lui lancerait son épouse si elle était là. Il n'acheva pas sa phrase.

Adnan déglutit douloureusement.

– Qu'est-ce qu'on va faire ? demanda-t-il, plus impuissant que jamais.

– Christian connaît du monde. Attendons de voir ce que ça donne.

Adnan demeura pensif.

– Ce que je ne comprends pas, c'est le pourquoi, dit Étienne.

– Pourquoi quoi ? demanda Arthur.

– Pourquoi s'en prendre à Nooda ? Qu'est-ce qu'elle représente qui justifie qu'on mette la caravane sens dessus dessous et qu'on la... Qu'est-ce qu'ils cherchaient ? Qu'est-ce que ta maman a caché dans votre caravane qui pourrait intéresser... qui pourrait intéresser qui, d'ailleurs ? Ça aussi, c'est une vraie question : qui ?

Étienne s'était tourné vers Adnan et l'interrogeait du regard.

– Ma mère dit que Bachar el-Assad a des hommes un peu partout en Europe, et qu'ils traquent les opposants au régime.

– Je sais qu'elle se croit persécutée par Bachar el-Assad...

– Nous SOMMES persécutés ! Mon père a été tué par ses agents des services secrets. Nous avons été chassés de notre pays...

– Je sais, je sais. Je me suis mal exprimé. Simplement, je ne crois pas que Bachar el-Assad ait les moyens, ou même l'intention, de traquer tous les opposants au régime sur le sol français. Ça ferait beaucoup trop de monde.

– Pas tant que cela, malheureusement.

– Qu'est-ce que tu veux dire ?

– Que ce n'est pas en France qu'on trouve le plus grand nombre de réfugiés syriens. Votre pays s'est contenté d'en accepter quelques centaines. La plupart du temps, vous nous raccompagnez aux frontières et nous finissons dans des camps en Grèce ou en Turquie.

La colère se lisait sur le visage d'Adnan. Étienne semblait découvrir la véritable nature de celui qu'il prenait jusque-là pour un garçon policé. Il était déstabilisé par la fermeté de ton de l'adolescent. Tout à coup, les expressions « raccompagnement aux frontières » et « camps en Grèce » revêtaient un autre sens. Le mot « réfugié » lui-même prenait forme, forme humaine...

Il s'empressa de changer de sujet :

– Ne t'inquiète pas, nous retrouverons ta mère. Quand ça sera fait, nous nous assurerons que vous puissiez rester en France. Je t'en donne ma parole. En attendant, tu ne peux plus retourner à la caravane. C'est trop dangereux. Tu vas t'installer ici de façon permanente. Enfin... jusqu'à nouvel ordre, en tout cas.

Les deux garçons échangèrent un regard qui en disait long. Arthur souriait. Adnan aurait bien laissé éclater sa joie, lui aussi, si la raison qui poussait les parents d'Arthur à prendre une telle décision n'était pas aussi grave.

– Il faudrait récupérer leurs affaires, suggéra Arthur.

– Christian et moi allons nous en occuper.

– Et laisser un mot à Nooda pour qu'elle sache qu'Adnan est ici.

– Elle doit s'en douter. Mais tu as raison, nous le ferons... Sans préciser notre nom ni notre adresse, parce que si les types de la Volkswagen passent à la caravane, il ne faut pas les guider jusqu'à nous.

Arthur se dit que c'était la première fois que son père s'adressait à lui autrement que comme à un enfant irresponsable. Presque d'homme à homme.

– On peut vous accompagner ? lui demanda-t-il.

– Tu as des cours à rattraper. Je te rappelle que nous étions convenus que tu pouvais voir Adnan à condition que ton travail n'en pâtisse pas.

– Oui, je sais. Mais vous aurez besoin de nous pour faire le tri entre ce qui doit être gardé et ce qui peut être jeté.

Son père sourit devant tant de mauvaise foi.

– Pour cela, à la rigueur, nous avons besoin d'Adnan, pas de toi. Allez, au boulot, dit-il en se levant. Tu viens, Adnan ? ajouta-t-il avant de quitter la chambre.

Les deux amis se regardèrent, incrédules. Adnan suivit Étienne et, pour une fois, Arthur s'exécuta sans rechigner.

*

Étienne, Christian et Adnan se rendirent en voiture le long de la voie ferrée.

Ils ne purent s'engager sur le chemin, trop boueux. Craignant de s'embourber, ils durent se garer loin de la caravane et faire plusieurs allers-retours à pied, les bras chargés de sacs-poubelle remplis d'affaires appartenant à Nooda et Adnan.

Ils en profitèrent pour inspecter une dernière fois la caravane à la recherche de documents ou objets qui auraient pu représenter un intérêt quelconque pour des cambrioleurs. En vain.

Christian promit à Adnan de passer un nouveau coup de téléphone le soir même à un fonctionnaire haut placé à la préfecture et de le tenir au courant.

– Celui qui était censé nous aider à obtenir des papiers ? dit Adnan ironiquement.

Le médecin fut décontenancé par la charge du jeune Syrien.

– Qu'est-ce que tu sous-entends ?

– Que, comme par hasard, ma mère a des ennuis quelques jours après que vous avez parlé de nous à votre contact.

– Je t'assure que mon ami n'a rien à voir avec la disparition de ta mère.

Un mot revint à l'esprit d'Adnan, un mot qu'il avait appris récemment : *concomitance.*

– Peut-être pas lui directement, mais quelqu'un à qui il a parlé.

Christian se tut, réalisant avec embarras qu'Adnan pouvait avoir raison.

Ils retournèrent rue de la Balance et déchargèrent les sacs. Vêtements, duvets et draps partirent directement à la machine à laver. Le reste fut mis en cartons en attendant qu'on y voie plus clair.

Adnan rejoignit Arthur dans sa chambre, où ils passèrent la soirée à faire des jeux vidéo. Étant donné les circonstances particulières, ils furent autorisés à commander des pizzas et à manger devant leur écran.

Mais le cœur n'y était pas. Adnan toucha à peine à sa quatre-saisons et se réfugia dans le bureau du père d'Arthur, aménagé en chambre à coucher.

Il éprouvait le besoin de se retrouver seul pour pouvoir penser à sa mère sans avoir à donner le change.

Au rez-de-chaussée, les Hacquard et Christian tenaient un conseil de guerre.

La personne que le médecin connaissait au cabinet du préfet leur promit d'agir le plus rapidement possible et de revenir vers eux dès qu'elle aurait du nouveau.

En attendant, Mireille fit cuire des châtaignes qu'elle avait rapportées du marché, et Étienne ouvrit une bouteille de cahors qui les accompagnerait à merveille. Le feu crépitait dans la cheminée.

En temps normal, les trois amis auraient pu passer une soirée comme ils les appréciaient ; mais ce n'était pas une soirée normale, et ils ne réussirent pas à chasser de leur esprit le fait qu'à l'étage, un jeune homme était sans nouvelles de sa mère. Pour que la soirée soit réussie, il aurait fallu que Nooda soit là, parmi eux.

Mireille, qui ne pouvait pas envisager de devoir se passer de la présence lumineuse de sa nouvelle amie, était morte d'inquiétude.

Christian, surtout, malgré la bienveillance de ses amis, ne parvenait pas à oublier que Nooda était probablement en danger et qu'il en était peut-être le responsable.

Dans son lit, Adnan était tiraillé entre deux sentiments : d'un côté, il en voulait au médecin ; de l'autre, il était soulagé de savoir que, dès le lendemain, quelqu'un mettrait tout en œuvre pour retrouver sa mère.

Soulagé mais pas rassuré. On n'avait toujours pas la moindre idée de l'endroit où elle était.

Il pleura beaucoup et ne trouva le sommeil que très tard. Mais alors qu'il était sur le point de sombrer, il se redressa dans son lit de camp :

– Le chauffe-eau ! s'exclama-t-il.

Il rejeta sa couette et se précipita dans la chambre d'Arthur.

– Arthur ! Réveille-toi !

Arthur s'appuya sur un coude.

– Je sais où ma mère a pu cacher le truc qu'ils cherchaient.

– Qui ?

– Ceux qui ont fouillé la caravane.

– De quoi tu parles ?

– Du chauffe-eau, au-dessus de l'évier !

– Quel chauffe-eau ?

– Dans la caravane. Il faut qu'on y aille !

– Quoi ? Là, tout de suite ?

– Dépêche-toi !

13

Alors qu'ils croyaient les adultes couchés depuis longtemps, Arthur et Adnan eurent la surprise de voir de la lumière en provenance du salon.

– Ça peut attendre demain, maugréa Arthur.

– Non, je veux en avoir le cœur net.

– Pourquoi tu n'en parles pas à mes parents ?

– Ta mère dort.

– Mon père et Christian sont toujours debout.

– On ne va pas leur demander de nous conduire à la caravane en pleine nuit sans savoir ce qui se trouve dans la cachette. On n'est même pas sûrs qu'il y ait quoi que ce soit. Ton père nous renverrait directement au lit.

Quelques pas hésitants dans l'escalier leur confirmèrent la mauvaise nouvelle : Étienne et Christian devisaient encore devant la cheminée, certainement un verre d'armagnac à la main.

L'amitié des deux hommes remontait à longtemps, et il arrivait qu'ils passent une partie de la nuit à repenser le monde, comme lorsqu'ils étaient jeunes.

Arthur et Adnan durent faire preuve d'habileté pour franchir le vestibule sans être remarqués, puis ouvrir la porte d'entrée sans qu'elle couine.

Une fois dans la rue, ils piquèrent un sprint jusqu'au métro… qu'ils trouvèrent fermé !

– On verra ça demain, dit Arthur, de moins en moins convaincu du bien-fondé de cette opération commando.

Surtout, il avait promis de ne plus mentir à ses parents ; or Adnan était en train de l'entraîner dans une nouvelle aventure clandestine.

– On n'est pas loin, dit Adnan.

– Au moins, retournons à la maison prendre les vélos.

– On aura aussi vite fait d'y aller à pied.

Arthur soupira. Encore de la course de fond !

Il consulta sa montre : deux heures. Il serait frais le lendemain matin !

Mais Adnan s'était déjà élancé.

Arthur se résigna et se mit à courir à son tour.

On n'entendait que leurs pas dans la rue ; leurs ombres les doublaient puis repartaient en arrière au fur et à mesure qu'ils passaient d'un réverbère à l'autre. On se serait cru dans un film.

Malgré la fatigue, malgré ce qui arrivait à Adnan, malgré ses réticences à agir à l'insu de ses parents, Arthur eut une sensation de bonheur, immédiatement suivie par une inquiétude sourde. Son ami et lui vivaient une aventure qu'ils ne partageaient avec personne. Même si elle ne l'enchantait pas, leur escapade avait la saveur d'un secret. La vie coulait dans les veines d'Arthur ; et il eut le pressentiment, comme un goût doux-amer dans la bouche, qu'il était en train de vivre l'un des moments les plus forts de sa vie.

La caravane, abandonnée depuis quelques heures seulement, avait déjà été visitée et taguée. À l'intérieur, une bouteille vide de vodka, des canettes de bière et des mégots indiquaient qu'elle avait servi à des jeunes en mal de lieu discret où consommer de l'alcool dans un quartier à majorité musulmane.

Adnan jeta un regard circulaire sur le spectacle de ce qui avait été son foyer pendant plus d'un an. Il ne fit pas la moindre remarque ; comme s'il avait déjà tiré un trait sur ce chapitre de son existence.

Il se dirigea droit vers le coin-cuisine, ouvrit le placard au-dessus de l'évier et se mit à démonter le cache en plastique du chauffe-eau. Il n'était maintenu que par deux vis qui furent vite enlevées.

Dès que la plaque céda, un petit paquet tomba dans l'évier. D'un geste fébrile, Adnan déchira les multiples couches de film étirable qui en protégeaient le contenu et découvrit deux passeports syriens, ainsi qu'une carte mémoire d'appareil photo numérique. Les papiers d'identité étaient au nom d'Adnan et Nooda Beltoja.

– Ma mère m'a toujours dit que nos passeports nous avaient été volés par les passeurs, dit-il plus pour lui-même qu'à l'intention d'Arthur.

– Et ça, c'est quoi ?

– Une carte SD.

– Ta mère possède un appareil photo ?

– Pas que je sache.

– Un téléphone portable ?

– Non. Sinon, on saurait où elle est en ce moment.

– Qu'est-ce que tu crois que c'est ?

– Aucune idée. J'ai surpris ma mère en train de remettre le capot du chauffe-eau, un jour. Elle a fait une drôle de tête en découvrant que je l'avais vue, mais ce n'est que tout à l'heure que ça m'est revenu. J'ai enfin compris que ça pouvait avoir un lien avec ce qui s'est passé.

– Bien, fichons le camp maintenant. Cet endroit me fout la trouille. On regardera tout ça à la maison. Mon père a un lecteur universel de cartes mémoire.

– Pourquoi est-ce que ma mère m'a menti à propos des passeports ?

– Plus tard ! Allez, viens !

Le retour se fit dans un état semi-comateux pour Arthur. Non seulement il était tard, mais une fois retombé le stress de l'exploration de la caravane, la fatigue fondit sur lui.

Adnan, au contraire, semblait parfaitement éveillé. On aurait dit un animal nocturne aux abois.

Il allait d'un bon pas, menant la cadence, mais sans un mot et le visage fermé.

Il était soucieux, et Arthur ne pouvait que le comprendre. Au fur et à mesure que les heures passaient, les questions s'accumulaient, et le mystère autour de la disparition de sa mère s'épaississait. Arthur n'aurait pas aimé être à sa place.

Quand ils furent rentrés, la maison plongée dans l'obscurité indiquait que Christian était parti.

En passant devant la chambre des parents, au rez-de-chaussée, les deux garçons purent apprécier les effets de l'armagnac dans les ronflements du père d'Arthur. Ils pouffèrent et se hâtèrent de monter.

Une fois en haut de l'escalier, ils éclatèrent d'un rire nerveux qui fit du bien à Adnan, même s'il ne lui fallut que quelques secondes pour redevenir grave.

– Tu as le lecteur de cartes mémoire ? demanda-t-il à Arthur alors que celui-ci s'apprêtait à lui souhaiter une bonne nuit pour de bon.

– Je ne sais pas où il est. Il faudra demander à mon père demain.

Adnan fit une mine contrariée.

– Je préfère ne rien dire à tes parents pour l'instant, à propos de cette carte mémoire et des passeports.

– Pourquoi ?

– On ne sait pas pourquoi ma mère les a cachés. Même moi, je l'ignore. Il doit y avoir une raison ; et je ne veux pas que tes parents en parlent à Christian qui, après, en parlerait à la personne qu'il connaît à la préfecture... C'est peut-être risqué.

– Tu te prends trop la tête ! Je crois que tu devrais au contraire tout dire à mes parents. À force de faire des cachotteries, on va finir par perdre complètement leur confiance.

– Je leur en parlerai en temps voulu, mais s'il te plaît, pour l'instant, pas un mot.

– De toute façon, je suis mort de fatigue.

Arthur trouva à peine la force de se remettre en pyjama et de régler l'alarme de son réveil.

Il s'endormit sitôt allongé.

14

Adnan n'était pas obligé, comme Arthur, d'aller au lycée. Il aurait pu dormir un peu plus longtemps que lui, mais l'angoisse qui l'étreignait depuis la disparition de sa mère rendait tout répit impossible.

Il tint compagnie à son ami pour le petit déjeuner et prit un deuxième café avec Étienne, qui partait un peu plus tard que son fils le vendredi.

Il en profita pour lui demander où il rangeait son lecteur universel de cartes mémoire. Le père d'Arthur lui indiqua où le trouver dans son bureau, mais ne s'enquit pas de savoir pourquoi Adnan en avait besoin, ce qui arrangeait le jeune homme.

Dès qu'il ne resta plus que Mireille et lui, il débarrassa, nettoya son coin de table et se retira dans sa chambre.

Il alluma l'ordinateur d'Arthur, introduisit la carte dans le lecteur et dut patienter pendant que le système lisait le périphérique de stockage. L'opération prenait un temps fou.

Adnan, nerveux, se demandait ce qu'il allait trouver. Il ne s'attendait pas à de simples photos de famille. Sinon, pourquoi sa mère les aurait-elle gardées dans un endroit secret ?

Lorsqu'il double-cliqua sur le dossier DCIM, il découvrit avec effarement des milliers de fichiers en format PNG, présentés sans aucun rangement.

Il entreprit de les ouvrir un par un, mais sa déception alla croissant : les fichiers étaient tous des photos de documents administratifs. Non seulement ils n'étaient en rien personnels ou familiaux, mais il n'y avait parmi eux aucun portrait, aucune scène qui aurait pu lui apprendre quoi que ce soit sur tel ou tel événement politique, telle ou telle personnalité de la vie publique syrienne, comme il l'avait aussi espéré. Les chiffres et les noms compilés faisaient penser à des listings de clients ou à des comptes d'entreprise, mais n'avaient aucun sens pour Adnan. Il lut les patronymes avec attention, sans qu'aucun ne lui soit familier.

Cependant, il était conscient que si le contenu de ces fichiers demeurait abscons pour lui, il avait forcément une valeur pour d'autres. Sinon, pourquoi sa mère aurait-elle pris toutes ces précautions pour les conserver ?

Après l'excitation et la déception, c'est l'appréhension qui se dessinait sur le visage d'Adnan : était-il possible que sa mère ait fait quelque chose d'illégal ? S'était-elle mise en danger en menant des activités clandestines ? Si tel était le cas, pour qui travaillait-elle ?

Il la savait courageuse, mais il ne la croyait pas capable de faire quoi que ce soit d'immoral. Pourtant, il fallait se rendre à l'évidence : ces fichiers trouvés dans une cachette étaient réels et ils ressemblaient à des documents secrets.

Il repensa aux deux années écoulées. Deux années que sa mère et lui avaient passées ensemble. Constamment.

Personne ne la connaissait mieux que lui. Les adultes ont toujours des secrets pour leurs enfants, et *vice versa*, mais peu d'enfants ont été aussi proches de leur mère. Elle tenait le rôle de mère et de père, ainsi que celui de tous ceux qu'il avait perdus dans leur exil : grands-parents, cousins, oncles et tantes. Elle était aussi bien sa camarade de jeux que sa sœur, son amie et sa confidente.

Une question vint à l'esprit d'Adnan, une réflexion qu'il ne s'était jamais faite, peut-être parce qu'il n'avait pas douté de sa mère jusqu'à présent et que la peur générée par sa disparition l'ébranlait dans ses certitudes : elle était sa confidente, mais était-il son confident ? Il la connaissait mieux que quiconque, mais que savait-il d'elle, au fond ?

Il se remémora leur départ de Damas, en pleine nuit. Cet « ami » qui les avait aidés à quitter la Syrie et qu'il ne connaissait pas, à propos duquel sa mère avait dit que moins Adnan en savait, mieux c'était. Et tous ces « contacts », tout au long du voyage.

« Ton père et moi étions en relation avec beaucoup de monde dans le cadre de notre activité politique », était l'explication qu'elle avait donnée lorsqu'il avait soulevé la question.

Toujours évasive, elle cultivait le mystère, invoquait des raisons de sécurité. D'ailleurs, ni l'un ni l'autre n'avaient évoqué la résolution soudaine, après des mois d'attente en Grèce, des problèmes d'argent qui les empêchaient d'entrer en France. Adnan n'avait pas cherché à comprendre pourquoi les passeurs les avaient pointés du doigt, fait sortir du rang et mis dans la cale d'un chalutier pour traverser la mer Égée de nuit.

Adnan eut du mal à attendre qu'Arthur rentre du lycée pour lui faire part de ce que la carte mémoire renfermait. Il avait besoin de se confier à quelqu'un, mais n'avait pas envie de mettre Mireille – dont la boutique n'ouvrait qu'en fin de matinée – dans le secret.

Plutôt que ronger son frein en lisant ou en étudiant, il décida de se changer les idées en marchant dans le quartier.

– Je sors prendre l'air, annonça-t-il à Mireille qui finissait de déjeuner.

– Sois prudent, tout de même, dit-elle en repensant aux deux hommes à bord de la voiture.

Elle le regarda s'éloigner dans l'allée et fut bouleversée par l'impression de chagrin qui se dégageait de sa démarche, de ses épaules voûtées. Elle aurait voulu lui parler, être une oreille attentive, mais il paraissait désirer rester seul.

Machinalement, les pas d'Adnan le menèrent à la caravane et au squat des Izards, puis aux Restos du cœur et au Secours populaire, en passant par la médiathèque du quartier. Il reproduisait le trajet de la veille, sans remarquer le froid qu'il faisait et la vie qui continuait autour de lui.

En chemin, il longea le terrain de sport du collège Rosa-Parks. Des jeunes jouaient au football, arbitrés par un professeur qui faisait également office de coach pour les deux équipes.

Adnan s'arrêta un moment pour les observer. Ils étaient tous noirs ou arabes. Il se demanda où vivaient les Blancs dans ce quartier.

« Ça joue bien », se dit-il. Cela lui rappela les parties qu'il disputait avec les copains à Damas : les joueurs d'ici étaient aussi bruyants que là-bas. Ils s'interpellaient sans cesse, mais les actions se déroulaient avec un sérieux qui ne laissait aucun doute sur la passion des pratiquants.

Que ce soit en Syrie, en Turquie ou en Grèce, et maintenant en France, Adnan avait remarqué que le football était partout le même. Sa mère disait souvent que l'art constituait un langage universel et que c'était la raison pour laquelle il fallait l'apprendre et le connaître, mais Adnan pensait que c'était le football, le seul langage universel.

Penser à sa mère lui serra l'estomac.

Il eut envie de rentrer.

Dès qu'il poussa le portillon du jardin, la porte vitrée du salon s'ouvrit et Mireille fit irruption sur la terrasse.

– Ils l'ont retrouvée ! Elle va bien ! cria-t-elle.

Adnan s'immobilisa. La mère d'Arthur ne pouvait pas plaisanter avec un sujet aussi grave.

– Ma mère ? bredouilla-t-il, comme s'il pouvait s'agir de quelqu'un d'autre.

– Elle est au commissariat !

15

Mireille pleurait de joie, sa voix était éraillée. Elle courut vers Adnan pour le prendre dans ses bras.

– Il faut vraiment qu'on t'achète un portable, dit-elle en riant. Christian a appelé, tu venais à peine de partir. C'est grâce à son contact qu'on a pu apprendre où elle était.

– On peut y aller ?

– Pas pour l'instant. Les policiers n'ont pas autorisé les visites. Christian a dit qu'il n'en savait pas davantage. Il a précisé qu'il se renseignerait et qu'il passerait ce soir après son travail pour nous en dire plus.

– Ce soir ? Je ne peux vraiment pas la voir avant ?

– Christian dit que non, ce n'est vraiment pas possible...

– Mais qu'est-ce qu'elle fait au commissariat ? Pourquoi...

– Je n'en sais pas plus. Mais il m'a assuré qu'elle allait bien ; c'est ça qui compte !

Mireille dut à regret laisser Adnan pour aller ouvrir sa boutique. Devinant qu'il aurait du mal à attendre patiemment jusqu'au soir, elle lui proposa de venir l'aider.

– Les veilles de week-ends sont toujours très chargées. Les couples sortent en amoureux le vendredi soir, et ces messieurs en profitent pour offrir des fleurs à leur douce. Un petit coup de main ne serait pas de refus.

Adnan considéra la chose et finit par admettre qu'il aurait du mal à se changer les idées dans les heures à venir. Tourner en rond dans une maison vide n'était pas la meilleure solution. Autant s'occuper l'esprit.

– D'accord, j'arrive.

Adnan passa donc l'après-midi en compagnie de Mireille. Même si une partie de lui ne se réjouirait que lorsqu'il reverrait effectivement sa mère, il retrouva de l'allant. Il fut heureux de découvrir la mère d'Arthur sous les traits d'une responsable de magasin. Elle semblait plus sûre d'elle, dans sa peau de commerçante. Il était impressionné de voir à quel point elle aimait son métier, et le réel bonheur avec lequel elle répondait aux demandes de ses clients. Il avait déjà beaucoup d'affection pour Mireille quand elle était chez elle, mais là, dans son domaine, elle ressemblait à une reine.

– Arthur est déjà au courant ? lui demanda-t-il dans l'après-midi.

– Bien sûr. Étienne également. Ils ont un portable, eux, fit-elle en souriant.

D'ailleurs, père et fils furent à la maison très tôt.

Quand Arthur arriva, il se jeta sur son ami et lui donna une accolade.

Étienne lui-même était si content que, pour la deuxième fois de la semaine, il embrassa sa femme devant les garçons. Cette fois, Arthur ne put se retenir de lancer un « You hou » moqueur.

Ses parents écourtèrent leur étreinte, comme pris sur le fait, et se tournèrent vers lui. « Eh bien, quoi ? » semblaient-ils dire. Arthur crut voir son père rougir lorsque son épouse lui décocha un sourire gêné mais tendre.

Arthur, profitant de ce moment rare, fit une moue qui signifiait : « Je ne sais pas ce qui lui prend, mais c'est plutôt sympa de voir papa de bonne humeur. »

Adnan se fit la réflexion que, décidément, les Français étaient un peuple surprenant : tantôt froids et distants, condescendants, à la limite du cynisme ; tantôt exubérants et presque puérils.

Il comprenait l'allégresse générale sans la partager, cependant. Il ne tenait pas à s'emballer tant qu'il n'avait pas revu sa mère. Certes, il était rassuré de la savoir saine et sauve, mais cela ne signifiait pas qu'elle était tirée d'affaire.

Le fait qu'elle soit retenue au commissariat et qu'il n'ait pas la possibilité de la voir n'augurait rien de bon. Il craignait que ce ne soit l'étape avant le centre de rétention administrative et le raccompagnement à la frontière. Ses amis étaient peut-être en train de se réjouir d'une fausse bonne nouvelle et de danser à l'annonce de leur départ de France.

– Quand est-ce que ma mère pourra rentrer ?

Arthur se tourna vers ses parents, dans l'attente d'une réponse. Toute légèreté s'était tout à coup envolée. Étienne et Mireille se dévisagèrent.

– Je ne sais pas, dit la maman d'Arthur. Christian nous donnera tous les détails lorsqu'il passera, après ses consultations à domicile.

– Pourquoi est-ce que la police la garde ?

Elle marqua un temps de réflexion.

– Je l'ignore aussi, avoua-t-elle, comme si elle réalisait, en même temps qu'Adnan lui posait la question, que ce n'était peut-être pas normal que Nooda soit toujours au commissariat.

Étienne se racla la gorge et dit :

– Nous ne savons pas ce qui est arrivé à ta mère. Elle doit probablement faire une déposition. Ça prend du temps, ces choses-là. J'en ai moi-même fait l'expérience : les files d'attente sont interminables au commissariat central.

– Étienne a raison. Je ne m'inquiéterais pas, si j'étais toi.

Arthur envoya une tape amicale dans le dos d'Adnan.

– On va faire une partie de *Call of duty* pour se changer les idées ? proposa-t-il.

Adnan n'eut pas à répondre à son invitation. Les parents d'Arthur le firent pour lui :

– Tu tu tu ! Les devoirs d'abord.

Une heure plus tard, lorsqu'ils entendirent la porte d'entrée s'ouvrir et reconnurent la voix de Christian, les deux garçons dévalèrent les escaliers.

Le médecin était en train d'expliquer à Mireille et Étienne qu'il ne faisait qu'un saut entre deux visites, lorsque les garçons firent leur apparition dans le hall.

– Hey, les djeuns, dit-il à leur intention.

– Salut, Christian, répondit Arthur.

– Alors ? l'interrogea Adnan sans prendre la peine de le saluer.

– Passons à la cuisine, suggéra Mireille. Veux-tu que je te prépare un thé, un café ? proposa-t-elle au médecin.

– Un café, je veux bien.

Tous les cinq s'installèrent autour de la table. Un pot-au-feu cuisait à feu doux, dégageant un fumet alléchant et une buée qui, en se déposant sur les vitres, donnait à la pièce un air de cocon douillet.

– Ta maman est interrogée par la police, dit le médecin.

– Interrogée ? Qu'est-ce qu'on lui reproche ?

– Je ne sais pas. Elle est interrogée, pas en garde à vue. Elle est entendue comme témoin, si j'ai bien compris.

– Mais pourquoi ? C'est à cause de ses papiers d'identité ? Parce que si c'est ça, j'ai retrouvé nos passeports...

Christian fit non de la tête, il ne s'agissait pas de ça.

– La personne que je connais et qui travaille à la préfecture n'a rien pu me confier, dit-il.

Chacun pesa les mots du médecin, essayant de deviner ce qu'ils pouvaient impliquer, ce qui se tramait, ce que Nooda avait fait ou vu, ou savait... pour qu'on l'interroge.

Le médecin se redressa, comme s'il venait de comprendre quelque chose.

– Quels passeports ? demanda-t-il à Adnan.

– Hein ?

– Tu as dit : « J'ai retrouvé nos passeports. »

– Celui de ma mère et le mien, à nos vrais noms. Elle pensait les avoir perdus, en fait ils étaient cachés dans la caravane.

– Quand est-ce que tu les as récupérés ?

– Cette nuit, bredouilla Adnan. Avec Arthur...

Mireille laissa éclater sa colère :

– Vous êtes allés à la caravane de nuit ? Seuls ?

Arthur fixait son ami, le suppliant de passer à des aveux complets en mentionnant la carte mémoire, mais Adnan darda deux yeux noirs dans sa direction, l'air de dire : « Tant qu'on ne sait pas ce que la police reproche à ma mère, on garde la carte mémoire secrète. Elle pourra toujours servir comme monnaie d'échange, au cas où. »

Arthur demeura muet. Il baissa la tête, évitant le regard d'Adnan, ainsi que celui de ses parents. On n'entendait plus que le bruit des bulles qui éclataient en remontant à la surface du bouillon.

– Elle va bien ? demanda Adnan, la voix sur le point de se briser.

– Oui. Elle va très bien, on me l'a assuré.

– Elle n'a pas été... attaquée, ou...

– Non, non. Il ne lui est rien arrivé.

– Mais ils ont le droit de la garder, comme ça ? s'étonna Étienne.

– Je suppose, dit le médecin, visiblement peu au courant des subtilités du Code de procédure.

– Sans prévenir son fils ? ajouta Mireille.

Leur ami eut un geste d'impuissance.

– Adnan n'existe pas, officiellement.

– Enfin, c'est son fils, officiellement ou pas ! s'énerva Étienne. Il était mort d'inquiétude. Ils peuvent le comprendre, tout de même ! Il y a des parents parmi eux.

Christian eut un mouvement de recul. Il n'avait jamais vu son ami dans un tel état. Lui qui, il y avait quelques semaines, se souciait si peu du sort des deux Syriens !

– Inutile de t'en prendre à moi. Je ne fais que rapporter ce qu'on m'a dit.

– Bien sûr. Je sais bien. Mais je trouve ces procédés tellement… inhumains.

– Ne tirons pas de conclusions trop hâtives. Peut-être qu'elle leur a caché qu'elle avait un fils… pour le protéger.

Le silence retomba sur le groupe.

Arthur regarda son ami. Christian avait raison : ils ne savaient pas grand-chose, ils devaient éviter de penser à tort et à travers. Ils devaient surtout faire preuve de patience. Si Nooda n'était pas en garde à vue, elle serait bientôt relâchée. Son prof d'histoire-géographie leur avait assez souvent rabâché les critères qui définissent une démocratie. Parmi eux, « liberté de mouvement des individus ».

On ne prive pas les gens de liberté, donc, dans une démocratie... Sauf s'ils ont fait quelque chose de répréhensible... « Ou lorsque le pays est en état d'urgence, aurait ajouté son prof. Or, en ce moment... »

Des images d'infos revinrent à l'esprit d'Arthur : des zadistes, des altermondialistes, des militants lors du contre-sommet du G8... se plaignant d'être retenus en garde à vue ou assignés à résidence sans chef d'inculpation valable, par mesure préventive.

Mais qu'est-ce que la police ou la justice pouvait reprocher à Nooda ?

16

— Je n'ai pas tout raconté à Adnan, dit Christian sur le ton d'un aveu.

Il avait attendu que les garçons soient remontés pour faire des révélations à ses amis ; à ce stade, il ne jugeait pas nécessaire de mettre Adnan dans la confidence. Le pauvre garçon était déjà suffisamment éprouvé.

Étienne et Mireille se figèrent.

– Nooda n'est pas interrogée par de simples flics. Elle se trouve dans les locaux de la DGSI.

– La quoi ?

– La Sécurité intérieure. Les Renseignements généraux, si vous préférez.

Il laissa à ses amis le temps de digérer l'information. Étienne finit par établir le lien :

– Ce sont eux qui traitent les affaires de terrorisme, non ?

Christian hocha la tête.

– Mais alors, ça veut dire que...

Mireille se censura. Les mots qu'elle avait failli prononcer se distillaient lentement mais sûrement, tel un poison, dans l'esprit des trois adultes.

– Elle sait peut-être des choses sur des terroristes syriens ? dit son mari. Elle est peut-être en train de collaborer avec les services de renseignement français ?

– Peut-être, dit Christian.

– Ou alors, c'est tout le contraire, lâcha Mireille, horrifiée par ce qu'elle était en train de sous-entendre.

Étienne faisait non de la tête. Auraient-ils été tous les trois roulés dans la farine par leur protégée ? Certes, les fanatiques de l'État islamique étaient connus pour leur capacité à se fondre dans le flot des réfugiés, à passer pour d'innocents et sincères demandeurs d'asile, à dissimuler leur haine des Occidentaux pour mieux les frapper quand ils baissaient la garde. Mais était-il possible que Nooda, cette femme moderne, indépendante et intelligente, soit un agent double ?

Aussi étrange que cela puisse paraître, Mireille montrait des doutes au sujet de son amie, alors qu'Étienne prenait sa défense.

– C’est absurde ! s’indigna-t-il.

– On ne peut pas être affirmatifs. Ni dans un sens ni dans l’autre. Mais on ne peut écarter aucune possibilité, conclut Christian en se levant. Je suis désolé, mais j’ai encore deux patients à voir.

Il prit congé de ses amis, les laissant dans un état de totale perplexité. Lui-même semblait abattu. Soudain, la situation rendait ses sentiments pour Nooda, qu’il avait de plus en plus de mal à dissimuler, confus.

Mireille et Étienne le raccompagnèrent sur le perron.

Ce soir-là, le couple renoua avec une vieille habitude qu’il avait perdue depuis longtemps, depuis la naissance d’Arthur : Mireille et Étienne s’emmitouflèrent dans leurs manteaux d’hiver et se rendirent sur les berges du canal du Midi. Ils marchèrent main dans la main, comme autrefois, jusqu’à l’embouchure, et prolongèrent leur promenade le long du canal latéral. Ils ne revinrent que tard dans la nuit, et ce malgré le travail qui attendait Mireille le lendemain matin.

Elle commençait tôt le samedi parce que c’était le jour où sa boutique était livrée. Dans quelques heures, elle aurait des centaines de fleurs et des dizaines de pots à rentrer, mais cette conversation avec son mari lui fit tellement de bien qu'elle ne regretta pas la fatigue dont elle souffrirait le lendemain.

Allaient-ils au-devant d'ennuis avec la police ? Avaient-ils à leur insu aidé une terroriste ? Ils l'envisageaient un instant pour le réfuter l'instant d'après. Ils avaient du mal à croire qu'ils s'étaient trompés sur le compte de Nooda. À aucun moment ils n'avaient senti la moindre ambiguïté dans son attitude, dans ses propos. Quant à Adnan, il était absolument charmant et ne présentait pas du tout le profil du jeune embrigadé.

Alors, qu'est-ce que la Sécurité intérieure pouvait vouloir à Nooda ? Même si le fait de parler avait exorcisé leur angoisse, cette question demeurait sans réponse.

17

Quand Adnan se leva le lendemain matin, la maison semblait déserte. Mireille était au travail et Arthur participait à un tournoi de rugby. Il serait absent toute la journée. Mais Étienne était là. Il avait annulé une partie de golf pour tenir compagnie à Adnan et s'était installé dans sa chambre pour travailler.

– C'est un match de sélection pour l'équipe régionale, dit-il. Arthur ne pouvait pas le rater. Il était désolé ce matin de te laisser seul.

– J'aurais pu l'accompagner.

– Nous avons pensé qu'il valait mieux que tu ne sortes pas trop en ce moment.

– À cause des deux Syriens dans la voiture ?

Étienne hocha la tête.

– Ils ne peuvent pas savoir que je suis ici.

– De toute façon, il est préférable que tu restes sur Toulouse, si jamais il y a du nouveau du côté de ta mère.

Adnan se rangea à cet argument. Il abandonna Étienne à ses dossiers et descendit à la cuisine.

Mireille avait laissé un mot pour lui expliquer où il trouverait les crêpes qu'elle avait faites, et comment les réchauffer sans qu'elles ramollissent. Elle précisait que Khadija était censée arriver vers quatorze heures et qu'il devait ranger le bureau afin que cette dernière puisse passer l'aspirateur.

Étienne et lui prirent le repas de midi devant un des nombreux films de la DVDthèque des Hacquard.

Dans l'après-midi, alors qu'il s'était réfugié dans le bureau d'Étienne – devenu presque officiellement « sa chambre » –, quelqu'un sonna à l'interphone. Quelques instants plus tard, Khadija appela Adnan, une note d'inquiétude dans la voix.

– C'est la police, ils vous demandent.

Adnan se précipita dans le hall d'entrée.

Dès qu'il entendit le mot « police », Étienne le rejoignit et se positionna derrière lui. Sur l'écran du visiophone, ils découvrirent deux hommes. Étienne encouragea Adnan à prendre le combiné que la femme de ménage lui tendait.

– C'est pour quoi ? dit-il timidement dans l'appareil.

– Adnan Beltoja ?

– Oui.

– Police. Nous avons pour instruction de vous conduire au commissariat.

– Au commissariat ?

– Votre mère vous y attend.

– Ma mère ?

– Oui, nous vous expliquerons en chemin.

Sur le moniteur télé, Adnan vit le policier balayer la rue du regard en même temps qu'il disait cela. Son collègue, demeuré en retrait, montrait des signes d'impatience. Il hésita encore, mais avait-il le choix ?

– J'arrive, dit-il en raccrochant.

Il se tourna vers Étienne.

– Je viens avec toi, dit celui-ci.

Ils empruntèrent l'allée de gravillon et sortirent dans la rue où les policiers attendaient. La portière arrière de la voiture banalisée était déjà ouverte.

– Bonjour, dit Étienne. Je suis monsieur Hacquard, c'est moi qui ai la charge d'Adnan Beltoja. Je vais l'accompagner.

– Vous ne pouvez pas venir, je suis désolé.

– C'est-à-dire qu'il est sous ma protection et...

– Il ne risque rien avec nous.

Étienne s'empourpra.

– Vous avez une preuve que vous appartenez à la police, au moins ?

Les deux agents produisirent leur carte professionnelle sans rechigner. Puis ils invitèrent Adnan à se glisser à l'arrière du véhicule.

Le jeune Syrien s'exécuta. Son visage dénotait de l'inquiétude : allait-il lui aussi être interrogé ? Allaient-ils être expulsés ? Reverrait-il Arthur ?

Il se rassura en se disant que, pour l'instant, une seule chose devait l'intéresser : il allait retrouver sa mère !

Une minute plus tard, la voiture s'élançait sur l'avenue Honoré-Serres, dans le sens opposé au canal.

– Vous ne m'emmenez pas au commissariat central ? s'alarma Adnan.

Il connaissait mal Toulouse, mais suffisamment pour savoir qu'ils ne roulaient pas dans la bonne direction.

– Les bureaux de la DGSI se trouvent rue du Rempart-Saint-Étienne. On y sera dans cinq minutes.

– C'est quoi, la DGSI ?

– La Sécurité intérieure.

Ça n'avançait guère Adnan, peu familier des sigles du ministère français de l'Intérieur. En tout cas, le policier disait vrai, car après un court trajet, ils franchirent un vieux porche flanqué d'une plaque du ministère de l'Intérieur, sur laquelle on pouvait lire les mots *Police nationale.* Adnan fut provisoirement rassuré. Un instant, il avait imaginé un traquenard tendu par ceux qui avaient cherché à s'en prendre à sa mère.

Il fut entraîné par une porte dérobée dans une série de couloirs. L'état de délabrement des locaux rappelait le squat des Izards.

On le fit entrer dans un bureau où l'attendait sa mère. Elle se leva d'un bond et ils tombèrent dans les bras l'un de l'autre.

– Maman !

– Mon chéri !

Ce furent les seules paroles qu'ils prononcèrent. Leur étreinte dura de longues secondes. Puis Adnan se redressa, planta un regard interrogateur dans celui de sa mère et demanda :

– Qu'est-ce qui se passe ? Qu'est-ce que la police te reproche ?

– Rien. Tout va bien.

Mais le garçon ne se détendit pas. Il garda son air inquiet et dubitatif.

– Je t'assure. Ils ne nous reprochent rien, au contraire. Ils nous protègent.

– Je ne comprends pas. Par qui es-tu menacée ?

– Assieds-toi. Je vais tout t'expliquer.

Adnan obéit. Sa mère approcha sa chaise de la sienne et posa ses mains sur ses genoux. Cela ne plut pas du tout à Adnan. Elle se faisait rarement aussi solennelle. Qu'est-ce que cela présageait ?

– Je sais qu'il voulait nous aider, mais ce que je craignais est arrivé : en donnant notre véritable identité à son contact à la préfecture, Christian a fait réapparaître notre nom sur les écrans radar.

– Les écrans radar ?

– Je te l'ai dit : Bachar entend faire taire les opposants au régime, soit en les intimidant, soit en les éliminant lorsque c'est nécessaire. Ses services sont très organisés. Ils ont des réseaux d'indicateurs dans tous les milieux.

– Qu'est-ce qui te fait penser que Christian est responsable ? On ne s'est jamais cachés ; c'est peut-être un hasard.

– Je pense plutôt qu'ils ont établi le lien entre Nooda Beltoja, qu'ils recherchaient, et Nooda Karsmalli, une inoffensive veuve qui vivait avec son fils dans une caravane.

– Pourquoi est-ce que la police française t'interroge depuis deux jours, en ce cas ?

– Ils ne m'interrogent pas. J'ai demandé leur protection parce que j'ai été agressée. Des hommes de Bachar ont voulu m'enlever. Ils ont débarqué à la caravane pendant que je dormais. J'ignore encore par quel miracle je leur ai échappé.

Adnan réfléchit.

– Ils étaient deux ? L'un chauve, l'autre avec des boucles jusque-là ? fit-il en montrant son épaule.

Le visage de Nooda se décomposa.

– Tu as eu affaire à eux ?

– Ils nous ont abordés dans la rue, Arthur et moi. Ils voulaient que je monte dans leur voiture. Mais on les a trouvés louches, on est partis en courant.

– Quel genre de voiture ?

– Une Volkswagen blanche.

– Ce sont eux ! C'était quand ?

– Avant-hier, jeudi.

Nooda joignit ses mains devant sa bouche, comme si Adnan avait échappé au pire.

– Ces hommes sont très dangereux, confirma-t-elle. Tu ne dois plus sortir de chez les Hacquard.

– Comment sais-tu que ce sont des agents de Bachar ?

– Eux ne nous connaissaient pas jusqu'à ce que Christian parle de nous ; mais moi, je savais très bien quel était leur rôle à Toulouse. Ils surveillent la communauté syrienne de l'intérieur. Ils sont chargés de repérer tous les dissidents qui continuent à œuvrer, ici, en France, contre les intérêts du régime.

L'un des policiers stationnés dans le couloir comprit, en observant la scène à travers la paroi vitrée du bureau, que quelque chose se passait. Il leva deux sourcils interrogateurs à l'intention de Nooda.

– Je devrai les informer de ce qui t'est arrivé, dit-elle en le désignant du menton. Ils t'interrogeront peut-être à ce propos. Mais d'ici là, j'ai besoin de prouver mon identité. C'est aussi une des raisons pour lesquelles je suis retenue ici. J'ai indiqué aux policiers où ils pourraient trouver nos passeports ainsi que des documents qui attestent mon travail dans les partis d'opposition au régime, mais ils ont disparu.

Adnan ne put réprimer une grimace penaude.

– Adnan, c'est très important. Si c'est toi qui as trouvé nos passeports et la carte mémoire qui était avec, il faut que tu me le dises.

– Oui, c'est moi. Je ne pensais pas que...

– Il n'y a aucun problème. Est-ce que tu les as sur toi ?

– Non, ils sont chez les Hacquard.

– En lieu sûr ?

– Ben... Ils sont là où je dors, dans le bureau du père d'Arthur. Je les ai planqués sous mon matelas.

– Il faut que tu ailles les chercher et que tu les donnes aux policiers. Ils vont t'accompagner.

– Pourquoi ne m'ont-ils pas demandé de les leur donner directement quand nous étions là-bas ?

– Parce que tu ne leur aurais pas fait confiance. Je me trompe ?

– Non. C'est vrai. Ce que je ne comprends pas, c'est pourquoi ils nous traitent comme des suspects.

– Ils ne nous connaissent pas. Il est normal qu'ils vérifient la véracité de ce que j'affirme.

– Tu aurais pu me prévenir. Je ne savais pas où tu étais, dit-il enfin, en boudant presque.

– Je n'avais aucun moyen de t'appeler. Les hommes du commissaire Bardouil ne m'ont autorisée à entrer en relation avec personne.

– Ils n'avaient pas le droit.

– C'est la procédure.

– C'est nul.

– On est dans un contexte terroriste, ne l'oublie pas.

– Tu n'as rien à voir avec Daesh.

– Je sais bien, mais nous sommes syriens. Les policiers français sont sur les nerfs en ce moment, et tout se mélange un peu dans l'esprit des gens.

Elle lui tendit les bras pour l'attirer vers elle. Adnan se laissa faire. Il enfouit sa tête dans le cou de sa mère. Dieu qu'il sentait bon ! Dieu qu'il lui avait manqué ! Il était si doux de le retrouver. Elle le serra plus fort.

– J'ai eu très peur, dit-il, sur le point de pleurer.

– Je suis désolée, c'est fini maintenant.

Ils demeurèrent ainsi pendant de longues secondes. Enfin, elle desserra son étreinte pour l'embrasser sur la joue et aller à la porte. Elle appela quelqu'un dans le couloir et parla avec un homme qu'Adnan n'avait pas vu jusqu'à présent.

– Quand ils auront vérifié nos passeports, ils te relâcheront ? demanda Adnan. Tu pourras rentrer ?

Elle revint vers lui alors que l'homme entrait dans la pièce.

– À la caravane, non. C'est trop dangereux. C'est un point qu'il faut que je voie avec le commissaire.

Elle se tourna alors vers celui avec qui elle venait de s'entretenir. Il avait quarante ans environ, il portait un costume-cravate contrairement aux autres policiers. Il tendit la main à Adnan.

– Bonjour Adnan. Tu comprends le français ?

Adnan hocha la tête.

– Oui, oui, il est parfaitement bilingue, confirma Nooda.

– Je suis le commissaire Bardouil, le chef de la DGSI. C'est moi qui m'occupe de ta maman et toi. Le lieutenant Salem va retourner avec toi au domicile des Hacquard, pour que tu lui remettes les documents que ta maman vient de m'indiquer être en ta possession. D'accord ?

Dans son dos, le policier qui avait conduit Adnan jusqu'ici l'invita à le suivre d'un mouvement de la tête. Sa mère tenta de le rassurer :

– Va. Ne t'inquiète pas. Nous ne risquons plus rien, à présent.

Mais ce n'est pas tant les agents de Bachar qui inquiétaient Adnan ; il voulait surtout qu'elle rentre avec lui chez les Hacquard. Qu'ils repartent enfin ensemble !

*

Une demi-heure plus tard, Adnan remettait la carte mémoire et les deux passeports au commissaire Bardouil. Celui-ci en tourna rapidement les premières pages.

– Bien. Nous allons vérifier tout ceci dans un premier temps, et si tout est en règle, vous pourrez quitter nos locaux. Vous avez un endroit où aller ? Retourner à votre caravane ne serait pas prudent.

– Vous ne pouvez pas nous placer dans un appartement sous votre protection ? demanda Adnan.

Le commissaire eut un rictus.

– Comme je l'expliquais à ta maman, le système de protection des victimes n'existe pas en France. Je peux vous confier aux services sociaux de la ville, mais rien ne garantit qu'ils aient des places dès ce soir. C'est l'hiver, les foyers sont pris d'assaut. Quoi qu'il en soit, vous ne seriez pas logés ensemble, ça c'est certain.

– Mes agresseurs ignorent tout de notre relation avec les Hacquard, dit Nooda. Je suis certaine qu'ils seront d'accord pour nous héberger quelque temps. Nous y serons en sécurité.

– En tout cas, faites-nous savoir où vous serez, et restez joignables. Étant donné votre situation, les choses devraient aller vite. Nous allons transmettre votre dossier aux services compétents. Si ce que vous affirmez s'avère vrai, vous obtiendrez rapidement un statut de réfugiés politiques et donc un permis de séjour. Mais nous n'en sommes pas là. Je vous propose de patienter dans notre salle de repos. Il y a une télé et des magazines. Vous pourrez tuer le temps. Je reviendrai vous voir quand mes collègues et moi aurons fini de décortiquer ces documents.

– Mais...

Adnan hésita, comme s'il n'osait pas poser sa question.

– Oui ?

– Vous n'allez pas arrêter les hommes qui ont agressé ma mère ? Je croyais que c'était pour ça que vous l'aviez retenue pendant tout ce temps.

Le commissaire Bardouil répondit sur le même ton bienveillant :

– Nous avons pris la plainte de ta maman. Nous avons le signalement de ces hommes. Ils sont déjà recherchés, évidemment.

– Ils ont essayé de m'enlever, moi aussi.

– C'est ce que ta mère m'a appris pendant que tu étais avec le lieutenant Salem.

– Vous ne voulez pas me poser des questions à ce sujet ?

– La description que tu en as faite corrobore les portraits-robots établis par ta maman. Nous avons aussi noté la marque, le modèle et la couleur de leur véhicule. Je ne crois pas que ce soit la peine de t'entendre.

Le commissaire Bardouil avait déjà tourné les talons, mais Adnan n'en avait pas terminé :

– Commissaire ?

– Qu'y a-t-il ?

La patience du chef de la DGSI commençait à s'émousser.

– On ne pourrait pas leur tendre un piège ?

– À qui ?

– Eh bien, à ceux qui s'en sont pris à ma mère. Je pourrais servir d'appât, et vous les arrêteriez au moment où ils chercheraient à me faire monter dans leur voiture.

– Tu ne sais pas ce que tu racontes, dit Nooda sur le ton du reproche.

– Ces hommes sont dangereux. Ce serait trop risqué, abonda le commissaire.

– Ils ont cherché à tuer ma mère. Ils ont voulu me kidnapper… Ils continueront à nuire si on les laisse agir. Il faut tout faire pour les stopper.

– Je suis d'accord avec toi, mais ce n'est pas du ressort d'un civil, mineur qui plus est. Je ne mets jamais en danger la vie de mes propres hommes, qui pourtant sont des professionnels… Ce serait irresponsable de ma part d'envisager ce que tu proposes. De façon plus générale, la police française ne monte pas de traquenards.

Le commissaire Bardouil fit mine de partir. Fin de la conversation. Mais Adnan haussa le ton :

– Ce sont des gens comme eux qui ont tué mon père.

Nooda posa sa main sur le poignet de son fils, l'invitant à davantage de retenue. Mais Adnan retira brusquement son bras.

– Papa serait d'accord avec moi : il faut les combattre. Tu te bats, toi. Si je peux agir moi aussi, je dois le faire.

– La France n'enrôle pas d'enfants-soldats, asséna le commissaire Bardouil.

– Je ne suis pas un enfant !

– Tu as seize ans ! dit le commissaire d'un ton moqueur.

– La France fait étudier à ses élèves de troisième la lettre que Guy Môquet a écrite le jour de son exécution. Or il avait mon âge quand il a été arrêté.

Le commissaire Bardouil n'eut plus envie d'ironiser. Il n'en revenait pas qu'un enf... qu'un jeune de seize ans ait une telle culture. Il n'était pas sûr que son propre fils, qui avait à peu près le même âge qu'Adnan, connaisse ce héros de la Résistance.

– Je l'ai lue dans le manuel d'histoire d'Arthur Hacquard, ajouta Adnan, qui avait deviné la perplexité des deux adultes.

– C'était une autre époque, dit le commissaire, à court d'arguments.

Puis il jeta un coup d'œil à Nooda pour solliciter son aide.

– Adnan, s'il te plaît. Nous n'allons pas importuner davantage monsieur le commissaire...

– L'État islamique et les nazis sont pareils, martela Adnan. Il faut les combattre où qu'ils soient !

Cette fois, sa mère s'adressa à lui en arabe :

– J'ai déjà perdu un mari, je ne vais pas perdre un fils...

– Ton mari, c'était un combattant ! l'interrompit-il, ce qu'il ne s'était jamais autorisé à faire.

– Moi aussi, j'ai été une opposante au régime de la première heure. La lutte, je connais. Ça ne s'improvise pas, ce n'est pas une affaire d'amateurs.

Son fils rougit de honte. Elle s'approcha de lui et murmura :

– Je n'ai pas fait tout ce chemin, je ne suis pas passée par toutes ces épreuves pour que tu meures ici, alors que nous sommes sur le point de réussir...

– Réussir quoi ? À sauver nos vies en abandonnant notre peuple à son sort ? en oubliant les idéaux de ton mari, comme tu dis ? C'est mon père que j'ai perdu, moi ! Renoncer au combat, ce serait le trahir, ce serait le tuer une deuxième fo...

La gifle qu'il reçut, la première de sa vie, lui coupa la parole en même temps que le souffle.

– Ça suffit, Adnan.

Elle se tourna vers le policier, médusé.

– Est-ce que nous pouvons y aller, maintenant ? Nous avons suffisamment abusé de votre temps.

Le commissaire n'avait pas prévu de les laisser repartir avant d'avoir pu vérifier leur identité, mais Nooda Karsmalli *alias* Beltoja avait eu sa dose d'émotions pour la journée. Sans compter qu'il y avait peu de chances pour qu'elle fuie. Après tout, elle était venue jusqu'à eux de son propre chef.

– Le lieutenant Salem va vous raccompagner, proposa le commissaire.

Puis il se tourna vers son subalterne :

– Élias, direction rue de la Balance.

– C'est parti, dit le policier en indiquant le chemin à Nooda et Adnan.

Avant qu'elle ne quitte la salle, le commissaire s'adressa à Nooda :

– Un conseil. Ne quittez pas le domicile des Hacquard jusqu'à nouvel ordre.

Nooda le salua et le remercia. Le commissaire tendit la main à Adnan, mais celui-ci fit volte-face en l'ignorant.

Les deux adultes échangèrent un regard, celui de deux parents qui partagent le fait d'avoir des adolescents.

18

Quand ils arrivèrent chez les Hacquard, Étienne, Mireille et Christian étaient réunis devant un thé fumant et une brioche entamée.

En entendant la porte d'entrée s'ouvrir, ils s'exclamèrent de concert : « Ils sont là ! » « Les voilà ! » « Ce sont eux ! »

Tous trois se levèrent comme un seul homme et vinrent les accueillir dans le hall.

Bien qu'il soit mort de faim, Adnan monta directement dans sa chambre. Il n'avait pas décroché un mot à sa mère pendant le trajet de retour.

Celle-ci tenta de le retenir. Elle lui demanda en arabe de tenir compagnie à leurs amis qui s'étaient inquiétés pour eux, mais il ne voulut rien entendre.

– Qu'est-ce qu'il a ? demanda Mireille.

Nooda eut un geste de dépit, l'air de dire « Sans importance », puis elle tomba dans les bras de son amie.

Même Étienne avait du mal à retenir son émotion. Il allait de son épouse à Nooda en caressant le dos de la première et serrant l'épaule de la deuxième.

Christian se tenait le visage à deux mains et, lorsque Nooda s'approcha de lui, tête baissée pour dissimuler les larmes de joie qui commençaient à couler sur ses joues, il lui tendit les bras et l'attira à lui.

– Vous êtes là, vous êtes libre !

Dans son élan, il l'embrassa sur les lèvres. L'un comme l'autre en restèrent pétrifiés. Il s'écarta immédiatement.

– Je suis désolé, bredouilla-t-il. Je ne sais pas ce qui...

Malgré son teint mat, tous virent Nooda rougir. Et comme si la couleur de ses pommettes ne suffisait pas à trahir son émoi, elle se mit à bafouiller. Elle essayait, sans y parvenir, de trouver quelque chose à dire. Fallait-il agir comme si rien ne s'était passé, se mettre en colère et gifler Christian, ou au contraire éclater de rire ?

Alors que Christian continuait à se confondre en excuses, Mireille et Étienne commencèrent à croire que Nooda avait envie de retourner son baiser à leur ami. C'est peut-être ce qu'elle aurait fait s'ils n'avaient pas été là.

Ils furent tous sauvés de l'embarras par l'entrée fracassante d'Arthur, qui revenait – triomphant, à en croire la mine satisfaite qu'il affichait – de son tournoi de rugby. En tombant nez à nez avec la mère de son ami, il s'écria « Noodaaaa ! » et l'enlaça à son tour.

Devant une tasse de thé, Nooda leur fit ensuite le récit des dernières quarante-huit heures : l'attaque de la caravane, en pleine nuit ; la trappe dans le sol, sous le lino, qui permet normalement d'accéder au système d'évacuation, et par laquelle elle avait réussi à fuir ; les menaces de mort dans la nuit, proférées en arabe par ses poursuivants ; la fuite, avec pour seuls vêtements ceux qu'elle portait en dormant ; le refuge qu'elle avait trouvé au dernier étage d'une cage d'escalier ; l'errance, le lendemain ; et enfin, la police, qu'elle s'était décidée à aller voir.

– Pourquoi vous ont-ils gardée si longtemps ? demanda Mireille.

– Ils voulaient s'assurer que je n'étais pas une terroriste, je suppose.

– Mais pourquoi la Sécurité intérieure ?

– Ce sont eux qui m'ont prise en charge dès que j'ai dit que j'étais syrienne.

Mireille resservit du thé à Nooda.

– Tout de même, deux jours pour vérifier une identité, je trouve cela bizarre, dit Étienne.

– Dès qu'ils ont eu vent de mes activités d'opposante au régime, ils m'ont posé beaucoup de questions. Il y a même quelqu'un du ministère de l'Intérieur qui est descendu de Paris pour m'interroger.

– En tout cas, vous n'allez pas être reconduits à la frontière, dit Christian d'un air penaud.

– Je vous en ai voulu, Christian, je vous prie de me croire.

– Je suis désolé, s'empressa-t-il de dire. Vous ne pouvez pas savoir combien je m'en suis mordu les doigts.

– Heureusement, j'ai réussi à prouver que j'étais en danger dans mon propre pays. L'attaque de la caravane a certainement joué en ma faveur, finalement.

Nouveau silence. Chacun mesurait tout ce que la nouvelle donne impliquait : une fois les agents de Bachar arrêtés et les Beltoja en sécurité, Nooda allait pouvoir offrir à son fils la stabilité et le confort qu'il méritait. Adnan allait enfin pouvoir aller au lycée, faire des études, bâtir des projets d'avenir. Elle-même allait pouvoir se reposer, reprendre une vie normale, redevenir une mère et une femme comme les autres. *Presque* comme les autres.

Mireille avait gagné une confidente, Arthur un ami avec qui il allait continuer à partager tant de choses, Étienne s'était rapproché de son épouse, quant à Christian... il espérait conquérir le cœur de Nooda.

– Où est-ce que vous allez dormir, dorénavant ? demanda Étienne, toujours très pragmatique. Adnan peut rester ici, bien évidemment, s'empressa-t-il de préciser. Malheureusement, nous n'avons pas beaucoup de place, et le canapé du salon n'est vraiment pas confortable. Pour une nuit, passe encore, mais...

Christian se racla la gorge.

– Je peux vous héberger, dit-il. Ma proposition tient toujours. J'ai un studio complètement indépendant au rez-de-chaussée.

Nooda considéra un instant son offre. La situation avait changé depuis sa première invitation, quelques semaines auparavant. Elle connaissait mieux Christian à présent et elle n'avait plus réellement le choix. Mais quelque chose l'empêchait d'accepter : ce baiser rendait toute réponse positive suspecte.

Étienne et Mireille échangèrent un regard entendu qui n'échappa pas à Arthur. Celui-ci sourit pour lui-même. Il n'était donc pas le seul à avoir percé à jour les sentiments de Christian pour Nooda.

Ses parents, qui fréquentaient le médecin depuis longtemps, savaient l'attachement de leur ami à son célibat, connaissaient ses théories sur le couple, les sentiments fusionnels, l'aliénation du mariage... Autant d'excuses pour cacher le grand sentimental qu'il était. Or ils ne l'avaient jamais vu dans un tel état. On aurait dit un gamin de quinze ans. Et encore, même à cet âge, Étienne – qui était déjà son camarade de classe au lycée – n'avait pas eu l'occasion de le voir dans le rôle de l'amoureux transi.

Une nouvelle fois, l'intervention d'Arthur mit fin à l'embarras général :

– Et Adnan, il est où ?

– Dans sa chambre, dit Nooda.

– Qu'est-ce qu'il fait ?

– La gueule.

Dans la seconde qui suivit, Arthur s'élança dans les escaliers.

Une question rongeait Adnan : le commissaire avait affirmé que, « étant donné leur situation », ils obtiendraient facilement le statut de réfugiés politiques. Sa mère n'avait pas semblé étonnée d'entendre ça. Lui-même n'avait pas réagi sur le moment. À présent, il se demandait pourquoi, puisque c'était si simple, sa mère n'avait jamais fait valoir ses états de service d'ancienne opposante au régime plus tôt, sous sa véritable identité. Elle ne pouvait pas ignorer que l'État français lui aurait accordé une protection. Pourquoi, en ce cas, avoir attendu d'être repérée par les agents de Bachar ?

Pourquoi lui avoir menti à propos des passeports volés ? Pourquoi les avoir dissimulés pendant tout ce temps ?

Sa mère lui cachait quelque chose, et ce sentiment lui déplaisait.

Le bureau de son père était plongé dans la pénombre, seulement éclairé par les lumières de la ville à travers la fenêtre, lorsque Arthur en ouvrit la porte. Il distingua à peine la silhouette de son ami étendue sur ses couvertures.

– Eh ben, alors ? Qu'est-ce que tu fous, tout seul dans le noir ?

Adnan grommela un « Salut » peu enthousiaste.

– Qu'est-ce que tu as ? Pourquoi t'es pas en bas, avec les autres ?

– Pour rien.

– T'es pas content d'avoir retrouvé ta mère ? Il paraît même que vous n'allez pas être expulsés, finalement !?

– Justement.

– Quoi, justement ? Où est le problème ?

– Le problème, c'est que ma mère m'a raconté des conneries. Voilà le problème.

Arthur s'assit sur le rebord du lit.

– Comment ça, des conneries ?

– Elle m'a menti.

Adnan fit alors part de ses doutes à Arthur. Celui-ci l'écouta sans vraiment comprendre en quoi consistait la « trahison » de Nooda. Il savait combien, rétrospectivement, il était facile de reprocher quelque chose à quelqu'un. Agir dans le feu de l'action impliquait que l'on commette des erreurs.

– Elle ne pouvait pas savoir que les flics la croiraient, dit-il pour sa défense. Il y a des tas de gens qui sont menacés de mort dans leur pays et qui finissent malgré tout dans un centre de rétention administrative, en attente d'être renvoyés chez eux.

– Peut-être, mais les passeports ! Pourquoi m'avoir dit que les passeurs nous les avaient volés ?

Arthur haussa les épaules.

– Quelle importance, maintenant ? Tu devrais être content : elle est saine et sauve, vous allez avoir des papiers et vous pourrez rester en France.

– On a de la chance ? C'est ça que tu veux dire ?

– Oui...

Arthur s'interrompit. La question d'Adnan était piégée. On ne pouvait évidemment pas envier son sort. Il était orphelin de père, déraciné, réfugié. Ça signifiait qu'il avait été contraint de quitter son pays pour sauver sa peau et qu'il ne pourrait pas y retourner avant longtemps.

Mais il était en vie ! Des milliers de Syriens ne pouvaient pas en dire autant. Il allait pouvoir rester légalement en France ; et ça, ils étaient des millions à le désirer. Donc oui, dans son malheur, il avait de la chance.

Arthur n'osa pas exprimer le fond de sa pensée, mais il estimait qu'Adnan était injuste envers sa mère. Il était temps qu'il arrête de bouder et qu'il voie le côté positif des choses.

– Non, se reprit-il. Pas *de la* chance. Mais *plus* de chance que plein d'autres, en tout cas.

– « Plein d'autres », quels « autres » ?

– Tes compatriotes. Des réfugiés, comme toi.

– Qu'est-ce que tu connais des réfugiés ? De quel droit tu parles de nous ? Tu as une maison, tes deux parents. Tu vas au lycée, tu fais ton rugby, tu as ton smartphone et ta PlayStation ! C'est facile pour toi de parler !

Arthur s'empourpra. Ce n'était plus de l'injustice, c'était de la méchanceté. Il s'emporta :

– Je t'ai aidé ! Je t'ai donné de l'argent, tout l'argent que j'avais. Christian a soigné ta mère, mes parents vous ont recueillis, ma mère a même failli se fâcher avec mon père à cause de ça ! T'en aurais fait autant pour moi, si ça avait été l'inverse ? Tu aidais beaucoup de gens, toi, quand tu vivais tranquillement dans ta maison, à Damas, avant tout ça ?

Adnan ne trouva rien à répondre.

Arthur se leva, sortit en claquant la porte et se retira dans sa chambre ; mais un quart d'heure plus tard, c'est Adnan qui toquait à la sienne pour lui présenter ses excuses.

Les deux garçons finirent de se réconcilier autour du dîner. Entre-temps, Nooda avait accepté la proposition de Christian, et Mireille avait fait livrer des sushis pour fêter ça.

Les discussions allaient bon train. Alors qu'ils n'avaient même pas bu, Étienne était plus détendu et Christian plus facétieux que jamais. Nooda s'amusait beaucoup des traits d'humour du médecin.

Voir ses parents aussi rayonnants procurait un bonheur indescriptible à Arthur.

Adnan se laissa gagner par la bonne humeur générale. Lui aussi redécouvrait sa mère. Elle pouvait donc encore rire !

19

Adnan ne parvenait pas à trouver le sommeil. Cette journée avait apporté son lot d'émotions et de chamboulements. De perspectives également. Sans compter les semaines et les mois à venir qui promettaient d'être riches en nouveautés dans sa vie.

Ces pensées se bousculaient dans son crâne et rencontraient d'autres réflexions, tout aussi perturbantes : il avait beau avoir cédé à l'autorité de sa mère, il n'avait pas pour autant l'intention de lui obéir. La gifle qu'elle lui avait administrée et la soirée de réconciliation qu'ils venaient de passer n'y changeaient rien.

Malgré les avertissements du commissaire Bardouil, il n'abandonnait pas l'idée de faire arrêter les deux hommes qui avaient voulu attenter à leur vie.

Mais comment se faire remarquer des agents de Bachar el-Assad ? Surtout, comment les attirer dans un piège sans se mettre en danger ?

Il s'allongea sur son lit, cala sa tête sur ses mains jointes et se mit à réfléchir. Il commença à envisager toutes les stratégies possibles.

Il n'était pas compliqué de « reprendre contact » avec les deux Syriens. Adnan était persuadé que, s'il traînait du côté du squat des Izards, ils finiraient par le repérer. Mais comment prévenir la police à temps, c'est-à-dire avant que les types ne l'entraînent dans leur repaire ? L'idée était de les faire tomber pour tentative de kidnapping, pas de tomber entre leurs griffes et, par là même, de leur fournir un moyen de pression sur sa mère, qu'ils cherchaient à atteindre à travers lui.

Adnan, qui connaissait les contes de Perrault depuis son plus jeune âge, se remémora celui du *Petit Poucet*. La pensée le fit sourire, non sans ironie. Ces histoires pour enfants étaient bien gentilles, mais le coup des petits cailloux ne marchait que dans les livres.

Le téléphone portable était une autre solution. Arthur accepterait sûrement de lui prêter le sien, mais la première chose que feraient ces types serait de le fouiller et de le lui confisquer, voire de le détruire pour que la police ne puisse pas remonter jusqu'à eux.

Et puis, ça impliquait qu'il se confie à Arthur. D'accord, il était son meilleur ami, mais il chercherait à le dissuader et dénoncerait son projet à la police.

Adnan fit de rapides calculs : avait-il des chances de réussir une telle entreprise seul ? Était-il prudent d'agir sans *back-up*, comme ils disaient dans les films américains ?

Évidemment que non. Se faire repérer par les terroristes ne serait pas le plus difficile. Mais une fois entre leurs mains, il fallait garder le contact avec l'extérieur, afin que la police soit alertée et intervienne...

Mettre Arthur dans la confidence était donc un risque à prendre.

Puisqu'un téléphone était trop repérable, de quel autre moyen de communication disposait-il ?

Il fallait bien le reconnaître, il n'avait rien d'un James Bond. Et il était fatigué.

Il consulta l'horloge électronique, dont les chiffres rouges égrenaient les minutes : 02:47. Pas étonnant que ses paupières se ferment et qu'il ne parvienne plus à réfléchir...

James Bond !

Adnan rouvrit grands les yeux.

02:48, il se faufila sans bruit à travers le couloir et se glissa dans la chambre d'Arthur. Celui-ci grommela quand la porte grinça. Adnan suspendit son mouvement, le temps qu'Arthur se retourne et retrouve une respiration profonde et régulière.

02:51, de retour dans sa chambre, Adnan s'assit sur son lit, alluma l'ordinateur portable qu'il venait d'emprunter à Arthur et ouvrit une page de recherche Google.

02:53, il trouva ce qu'il cherchait. Le site affichait un cinq sur cinq dans la rubrique *Évaluation* et cent quarante-sept commentaires satisfaits. Rapidité de livraison et qualité des produits garanties.

02:54, Adnan se précipita dans la chambre d'Arthur et le secoua pour le réveiller.

– Qu'est-ce qu'il y a ? Qu'est-ce que tu fais ?

La question était un mélange d'incompréhension, d'irritation et de fatigue.

– Je suis désolé de te réveiller, mais c'est une urgence.

– Hein ? Tu déconnes ?

– Non, c'est sérieux. Il faut que tu trouves la carte bancaire de ton père.

– Quoi ? T'es devenu complètement dingue ?

– Je dois commander un truc sur Internet. J'ai besoin d'un numéro de carte bancaire.

Arthur effleura l'écran de son smartphone pour savoir l'heure.

– Ça ne pouvait pas attendre demain ?

– Ton père sera au boulot, demain.

– Ma mère aussi possède une carte bancaire. Qu'est-ce que tu crois ?

– Il faudrait leur demander l'autorisation... Ça compliquerait les choses pour rien.

Arthur se frotta les yeux. Il était complètement réveillé à présent. Et de plus en plus énervé par l'attitude d'Adnan.

– Tu voudrais que je mente à mes parents ? Que je t'aide à leur voler de l'argent ?

– Tu l'as déjà fait, quand ma mère et moi manquions de tout dans notre caravane.

– Ce n'est pas pareil. Ils t'hébergent, dorénavant. Ils se sont investis bien plus que je ne l'aurais imaginé. Non, c'est hors de question.

– Il s'agit d'une toute petite somme. Cinquante ou soixante euros, tout au plus. Je les rembourserai dès que je pourrai. C'est hyper important. Chaque heure compte. Plus vite on commandera, plus vite je recevrai la marchandise, et je pourrai passer à l'action.

– Mais de quoi tu parles ?

– De démasquer ces deux salauds !

– Quels salauds ? C'est quoi, ces histoires ?

– Ceux qui s'en sont pris à ma mère, les deux types qui ont voulu me faire monter dans leur voiture...

– Et alors ?

– Ils courent encore. Nous sommes toujours en danger.

– La police les recherche.

Adnan eut un petit rire sarcastique.

– Tu parles ! Admettons qu'ils leur mettent la main dessus, ils n'auront aucune preuve. Les types n'auront qu'à nier et ils ressortiront dès la fin de leur garde à vue. Crois-moi, tant que ça se passe entre Syriens, ça n'empêchera pas les policiers français de dormir.

– Qu'est-ce qu'on peut y faire, nous, de toute façon ?

– Je vais les attirer dans un piège. Ces types traînent du côté du squat des Izards, c'est comme ça qu'ils m'ont repéré, la première fois. S'ils me voient à nouveau, ils vont chercher à me kidnapper pour m'utiliser comme monnaie d'échange avec ma mère. Mais si tu veux bien être mon complice, au moment où ils me tomberont dessus, tu préviendras les flics et ils me retrouveront grâce au traceur.

– Le traceur ?

– C'est ça que je veux acheter : un traceur. C'est tout petit, ça se cache dans une chaussette ou le revers d'un pantalon. Ça a une portée de plusieurs centaines de mètres et tu peux le suivre sur ton smartphone grâce à une appli.

Arthur n'en croyait pas ses oreilles. Adnan avait l'intention de servir d'appât pour capturer des agents secrets, des tueurs professionnels !

– Putain, Adnan ! T'es complètement barjo ! On n'est

pas dans un jeu vidéo, là. C'est le monde réel. Ces types sont dangereux. Ils vont te choper et...

– Pas avec mon plan. On peut les avoir, je le sais.

« Son plan, parlons-en ! » pensa Arthur. Il était irresponsable, d'une naïveté affligeante, pour ne pas dire complètement débile.

– Ce n'est pas seulement ta vie que tu mets en danger, c'est aussi celle des autres.

– Tu ne risques rien. Tout ce que je te demande, c'est de me suivre avec le traceur sur le scooter de ton père...

– Je ne pensais pas à moi, mais à ta mère. Qu'est-ce que tu crois qu'il se passera dès qu'ils t'auront mis la main dessus ? C'est elle qu'ils veulent. À cause de toi, ils auront un moyen de la faire chanter. Ils savent pertinemment qu'elle préférera mourir plutôt qu'on touche un seul de tes cheveux.

– Il n'y a aucune raison pour que ça se passe mal. On contrôle tout depuis le départ. Nous aurons une longueur d'avance sur eux, en permanence.

– Mais pourquoi ? Putain, pourquoi ? Tu devrais profiter de ta chance. Tu vas pouvoir vivre en paix, faire tout ce que tu rêvais de faire ! Pourquoi ne pas saisir le cadeau que le destin te fait ? Tu ne crois pas que c'est ce qu'aurait voulu ton père : que tu choisisses la vie ?

– Justement. C'est pour mon père que je fais ça.

– Je ne te comprends pas.

– Il est mort pour une Syrie plus démocratique, débarrassée de ses deux cancers : l'extrémisme d'un côté, la dictature de l'autre. Je veux honorer sa mémoire en continuant son combat. Ce que fait ma mère, déposer les armes, est une trahison.

– Tu crois que c'est ça qui va résoudre le conflit en Syrie ? Laisse la politique aux politiciens, et les arrestations à la police. Il y a d'autres moyens de lutter, tout aussi efficaces.

– Ça ne sert à rien d'essayer de m'en dissuader. Si tu m'aides, j'ai plus de chances de réussir. Mais avec ou sans toi, je le ferai. C'est à toi de voir.

Adnan planta ses yeux dans ceux d'Arthur. Malgré l'obscurité, ou peut-être à cause de l'obscurité, la lueur qui brillait dans ses prunelles était saisissante. Arthur détourna le regard et se rallongea, tournant le dos à son ami.

– Tu fais ce que tu veux, mais je ne vais pas fouiller dans les affaires de mon père pour tes beaux yeux.

Adnan eut envie d'arracher la couette d'Arthur, mais il se ravisa. Après tout, il n'avait pas besoin de lui. Il pouvait aller se servir tout seul dans le portefeuille d'Étienne Hacquard. Il se leva et descendit dans le hall d'entrée où le père d'Arthur, avait-il remarqué, suspendait sa veste.

Il eut de la chance, le portefeuille se trouvait dans la poche intérieure.

20

Le traceur coûta plus près de quatre-vingt-dix euros que de soixante, auxquels il fallut ajouter dix-sept euros de frais de port en colissimo, Adnan ayant insisté pour être livré le plus rapidement possible.

Les Hacquard ne commandaient jamais sur Internet. Pas leur genre. Ils se rendraient forcément compte de cette dépense inhabituelle et demanderaient des comptes à Arthur. Mais d'ici là... Adnan aurait réussi, ou la catastrophe qu'Arthur prédisait serait arrivée. Dans un cas comme dans l'autre, la perte d'une centaine d'euros serait alors le cadet de leurs soucis.

Le petit engin électronique arriva le surlendemain dans un magasin relais auquel Adnan se rendit alors que tout le monde était au travail. Pour récupérer le colis, il présenta la carte d'identité d'Arthur, que l'employé du magasin ne consulta même pas.

Adnan s'empressa de découvrir le fonctionnement de l'appareil et de le tester. Il marchait à merveille et il était quasi impossible à repérer... Exactement ce dont il avait besoin.

Il ne restait plus qu'à expliquer à Arthur comment l'utiliser dans des conditions réelles, c'est-à-dire dans la rue. Mais tant qu'Arthur était au lycée, Adnan était coincé. Il lui fallait attendre le soir ou le week-end.

La stratégie que le jeune Syrien avait mise au point était simple : sortir de la maison en trompant la vigilance des adultes – ce n'était pas le plus difficile, dans la mesure où les Hacquard avaient tendance à vaquer à leurs occupations en lui faisant confiance ; se faire repérer par les terroristes en déambulant au milieu des réfugiés et en faisant croire qu'il était toujours à la recherche de sa mère ; se positionner dans un lieu neutre éloigné de toute présence policière – le quartier des Izards ferait parfaitement l'affaire – et attendre qu'ils l'abordent ; se laisser emmener dans leur voiture et passer le relais à Arthur qui serait alors chargé de le suivre grâce au traceur et d'appeler la police dès que les agents de Bachar se seraient fixés quelque part.

Pour que l'opération réussisse, il fallait qu'Arthur reste constamment en couverture à portée de signal du traceur. Cela ne pouvait donc pas se dérouler un jour de semaine pendant les cours.

Adnan espérait que son ami jouerait le jeu, même s'il allait être difficile de lui demander de collaborer très longtemps. Il avait accepté de l'aider, mais du bout des lèvres seulement.

Adnan comptait sur le fait que les deux criminels étaient toujours à sa recherche et le repéreraient tout de suite. La première fois, ils l'avaient accosté après quelques heures seulement... Ce qui prouvait qu'ils étaient en alerte et surveillaient le quartier. Il n'y avait aucune raison pour qu'ils ne soient plus là, dehors, guettant le moment où sa mère et lui réapparaîtraient.

Adnan consacra les quelques jours qui le séparaient du week-end à regarder des films sur OCS et vider méthodiquement le frigidaire et les placards des Hacquard.

Il s'adonna à une véritable crise de boulimie, due au fait qu'il était seul toute la journée et s'ennuyait. De plus, il avait des mois de sucreries et de chocolat à rattraper !

Au cours des deux dernières années, à aucun moment il n'avait souffert de la faim, mais les paniers-repas rapportés par sa mère se limitaient au strict minimum.

Pour la première fois depuis longtemps, il goûtait aux joies d'une maison chauffée, d'un canapé confortable, d'un écran de télévision aussi grand que celui d'un cinéma, et d'un stock de friandises quasi illimité.

Sa mère l'appelait tous les jours, mais il avait été convenu qu'ils éviteraient d'être vus dans des lieux publics, ou même de sortir de la maison, sauf cas d'absolue nécessité.

De son côté, Nooda lisait beaucoup.

Au téléphone, Adnan trouvait sa voix détendue, comme jamais depuis leur départ de Syrie.

Il continuait à être froid avec elle, même si, au fur et à mesure que les jours passaient, il lui en voulait moins. Elle avait été forte ; elle s'était occupée de lui au-delà de ce qu'on pouvait demander à une mère. Il commençait à concevoir qu'elle aspire à un peu de répit et qu'elle choisisse de ne pas continuer à se battre.

C'était lui, dorénavant, l'homme de la maison. Il était normal qu'il reprenne le flambeau de la lutte, se figurait-il.

Arthur, habitué aux applications de son smartphone et aux jeux vidéo, et plutôt doué en informatique, se familiarisa rapidement avec le traceur.

Les deux garçons procédaient à des tests tous les soirs. Pendant qu'Arthur suivait le signal sur son smartphone, Adnan déambulait dans la maison, le jardin et en dehors de la propriété, sans jamais aller au-delà du bout de la rue.

Arthur se prêtait à l'exercice, mais sans grande conviction. Quelque chose était brisé entre eux. Ils continuaient à jouer ensemble à la PlayStation, mais le cœur n'y était pas. Ils ne parlaient plus pendant des heures, comme ils le faisaient auparavant, de tout et de rien, d'histoire et de géographie, de l'Europe, de la Syrie et des verbes irréguliers en anglais...

Adnan pensait : « Ce n'est pas grave, ça s'arrangera. Et tant pis si ça ne s'arrange pas. Ma mission est plus importante que notre amitié. »

Arthur, de son côté, se demandait s'il ne devait pas révéler à la police les plans d'Adnan : « N'est-ce pas un devoir de trahir un ami si c'est pour son bien ? »

Il n'en fit rien, cependant ; et, lorsque le week-end arriva enfin, les deux garçons attendirent que les parents d'Arthur soient sortis – une virée à Ikea, un samedi après-midi, ils en avaient pour des heures ! – pour se glisser dans le garage, enfourcher le scooter et filer en direction des Izards.

Un peu avant d'atteindre la place centrale de Micoulaud, Arthur se gara dans une allée, à l'abri des regards. Adnan descendit du scooter.

Ils vérifièrent que le traceur fonctionnait, puis se séparèrent. Désormais, ils ne devaient plus se montrer ensemble.

Arthur était censé conserver son casque afin de ne pas être reconnu, et Adnan irait à pied, seul. Ils ne communiqueraient plus que par textos, grâce à un téléphone à carte prépayée acheté dans un bureau de tabac, destiné à être sacrifié si les terroristes mettaient la main dessus ; le transpondeur entrerait alors en fonction.

Adnan retourna au squat. Malgré les fenêtres cassées et les portes arrachées, ses compatriotes étaient toujours là. En plus grand nombre, même, il lui sembla. D'autres familles avaient réussi à échapper aux camps grecs et à venir jusqu'ici.

Adnan lisait la presse française. Il était conscient que personne ne savait quoi faire des réfugiés syriens ; à l'exception de certains qui proposaient de les renvoyer aux frontières de l'Europe… Comme si faire l'autruche suffisait à résoudre le problème de la Syrie !

Lui, Adnan Beltoja, n'avait pas l'intention d'attendre qu'on lui accorde l'hospitalité en se croisant les bras. Il apporterait sa contribution à l'effort de guerre, pour libérer son pays de l'oppresseur, et retournerait vivre à Damas, *Inch Allah*.

Parmi les réfugiés qui le saluèrent et cherchèrent à savoir s'il avait retrouvé sa mère, il ne vit pas les deux hommes qui l'avaient abordé en Volkswagen blanche.

Il salua les uns, accepta un thé chez les autres... À tous, il fit le même récit : non, il n'avait plus de nouvelles de sa mère. Il appuyait son mensonge en affichant un visage inquiet et en tendant un Post-it sur lequel était inscrit son numéro... Qu'on l'appelle si quiconque avait la moindre information.

Connaissant l'efficacité du téléphone arabe, il était persuadé que ceux qu'il visait ne tarderaient pas à être mis au courant de sa réapparition.

Pendant ce temps, Arthur, le nez rivé sur son smartphone, suivait le signal émis par la puce électronique cachée dans l'une des chaussettes d'Adnan. La synchronisation avec les cartes de Google Maps n'était pas parfaite. Le bâtiment dans lequel il évoluait ne figurait que sous la forme d'un grand carré vert, comme s'il s'était agi d'un champ, mais les distances correspondaient et il constatait que le point vert bougeait de temps en temps, quand Adnan passait d'un appartement à l'autre.

À deux reprises, il lui envoya un texto pour s'assurer que tout allait bien. Adnan répondit chaque fois à la manière d'un agent secret : RAS. Objectif toujours pas spotté, over and out.

Arthur pesta. Il était là, à perdre son temps, pendant que son copain jouait à *Mission impossible*.

Sans compter que sa présence attisait la curiosité de la racaille locale. Arthur s'était mis en planque derrière la médiathèque, histoire de ne pas attirer l'attention des jeunes qui campaient à la sortie du métro, mais il ne tarda pas à découvrir que le territoire était occupé par les dealers du coin... Dealers qui commençaient à se demander ce que manigançait ce mec qu'ils n'avaient jamais vu, sur un scooter qu'ils ne connaissaient pas. Bande rivale ? Indic de la police ? On n'appréciait pas trop les inconnus dans ce business.

L'un d'eux fit un premier passage en lui jetant des coups d'œil appuyés.

Puis ils revinrent à deux et apostrophèrent Arthur. Leur message fut sans détour :

– Qu'est-ce que tu fous, là ?

– Moi ?

– Vas-y, dégage !

– ?

– Allez, casse-toi si tu veux pas qu'on te *marave* ta p'tite gueule de pédé !

Arthur ne demanda pas son reste. Il fourra son smartphone dans la poche de son blouson – il n'aurait plus manqué qu'on le lui pique ! – et démarra sur les chapeaux de roue.

Tout en vérifiant dans le rétroviseur qu'il n'était pas suivi, il fonça en direction du rond-point, sur le chemin des Izards, à la sortie du quartier.

Il trouva un emplacement à l'entrée d'un chemin piétonnier, qui lui permettait de voir l'immeuble sans être vu. Il fit demi-tour, se gara nez vers la rue, prêt à partir en cas d'urgence.

Il se donna le temps de reprendre son souffle et balaya la rue du regard : nulle trace des dealers. Leur manège autour de la médiathèque avait repris : un *chouffeur* à l'arrêt de bus, un rabatteur contre le bureau de poste, un vendeur derrière la médiathèque, au bout de l'allée qu'Arthur avait choisie pour attendre le retour d'Adnan. On se serait cru dans un film de gangsters ou dans un documentaire sur le travail de la police dans les banlieues. Ils communiquaient entre eux en se hélant.

D'ailleurs, un cri retentit parce qu'une voiture de police venait de tourner à l'angle du chemin d'Audibert. Arthur recula d'un mètre pour ne pas se faire repérer par les policiers. Il n'avait ni le permis ni les papiers du scooter, le moindre contrôle et ses parents auraient vent de ce qu'il était en train de faire.

Les policiers empruntèrent le rond-point et longèrent le squat au pas, sans se préoccuper de lui.

Il sortit son portable et réactiva l'écran. Le signal avait disparu ! Il quitta l'application et la relança. Le point vert fut à nouveau visible, mais l'échelle de la carte avait changé, et la position d'Adnan était à la limite de la portée de l'appareil.

Arthur appuya sur le starter, enfila son casque et s'élança sur le bitume. Stoppa net. Réfléchit. Choisit d'envoyer un texto à Adnan : Tu vas où ? Il remit les gaz, repassa à toute vitesse devant la médiathèque, la poste, l'arrêt de bus, sans regarder de côté, espérant ne pas se faire remarquer des dealers... S'arrêta au feu rouge, cent mètres plus loin, pour vérifier qu'il ne se précipitait pas dans la mauvaise direction. Constata que le signal se rapprochait à nouveau du centre de la carte. Adnan avait répondu entre-temps : À la caravane. Arthur répliqua immédiatement : Tu aurais pu me prévenir que tu bougeais, avant de tourner la poignée d'accélérateur.

Un seul accès menait à la caravane : le chemin de terre en contrebas de la voie ferrée. L'unique endroit à proximité, où il pouvait se positionner pour suivre les pérégrinations d'Adnan sans risquer de se retrouver nez à nez avec les deux types, était le parking du collège Toulouse-Lautrec. Il offrait une vue sur l'entrée du chemin et plusieurs issues, en cas de nécessité : le boulevard Pierre-et-Marie-Curie en direction du centre-ville, la rue Marcel-Loubens vers la rocade, et le passage souterrain vers le quartier des Izards, pas assez large pour une voiture ; ce qui pouvait s'avérer pratique s'il était poursuivi.

Arthur se gara entre un fourgon d'artisan et un Algeco de chantier, saisit son portable et réactiva l'application. Adnan était là, à cent mètres vers le sud-est, selon la carte. Il avait envoyé un nouveau texto qui disait : En position. Attendons instructions. Il continuait avec ses conneries d'espion ! Il n'était vraiment pas sérieux.

Arthur consulta sa montre. Ils étaient partis depuis plus d'une heure et demie. Il ne fallait pas que ses parents rentrent d'Ikea avant qu'eux-mêmes ne soient de retour. Il chercha une fausse excuse et téléphona à sa mère pour savoir où ils en étaient.

– Je cherche mon maillot du Stade, dit-il quand elle lui demanda pourquoi il appelait. Celui que j'ai fait dédicacer par Fabien Pelous. Je voudrais le montrer à Adnan. Tu ne l'as pas lavé, au moins !?

– Je n'y ai pas touché.

– Ah ? Non, mais c'est bon, en fait ! Je viens de le retrouver. Il était avec mes chemises.

– Il me semblait bien, aussi… Je ne vois pas pourquoi je l'aurais lavé.

– Et sinon, vous rentrez quand ?

– Houlà ! On est loin d'avoir fini… Ton père s'est lancé dans l'achat d'un matelas pour notre chambre. Il veut passer par Ox Literie pour comparer les prix, les épaisseurs, les matériaux… Tu sais comme il est. Pourquoi, il y a un problème ?

– Non, tout va bien.

– C'est sûr ?

Arthur connaissait son père, mais il connaissait sa mère aussi : toujours partante pour s'inquiéter.

– Mais oui, je t'assure.

Vite, changer de conversation tout en la rassurant.

– Tu veux que je prépare quelque chose pour ce soir, du coup ?

– Oh, comme c'est mignon ! Mais ne t'embête pas. Nous achèterons une pizza en passant si nous rentrons trop tard.

– Super ! OK. Bisou, alors. À tout à l'heure, dit-il d'une voix presque trop enthousiaste, mais qui fit mouche.

– À tout à l'heure, mon chéri.

Elle raccrocha. Tout se passait comme sur des roulettes.

Il se mit à faire les cent pas. La température ne montait pas et il était immobile depuis trop longtemps. Il tapa des pieds sur le sol et se frotta les mains pour les réchauffer. S'il mettait ses gants, il ne pouvait plus maintenir le signal apparent sur l'écran de son smartphone.

Il regarda le plafond blanc qui recouvrait la ville et souffla un nuage de buée dans sa direction. « On dirait qu'il va neiger », se dit-il. Cela lui paraissait difficilement concevable. À la montagne, d'accord. Mais ici, à Toulouse...

Pris par ces considérations météorologiques, il faillit ne pas remarquer la Volkswagen blanche qui déboulait sur le rond-point et traversait en trombe le parking du collège.

Arthur se précipita sur son portable pour pianoter fébrilement : Ils arrivent vers toi. De toute façon, le temps qu'Adnan reçoive le message, les deux hommes seraient déjà là-bas.

Il se figea, se demandant ce qu'il devait faire. Suivre la voiture ? Attendre ici ? Les consignes d'Adnan étaient claires : en aucun cas, intervenir seul ! Ne surtout pas révéler sa présence. Sinon, les types flaireraient le piège, et non seulement leur stratagème échouerait, mais Arthur mettrait aussi sa vie en danger.

Son cœur s'emballa. Tout à coup, c'était du sérieux. Il ne s'agissait plus de jouer avec un gadget électronique.

Adnan risquait gros, et pour de vrai. Surtout, son sort était entre ses mains. C'est lui, Arthur Hacquard, qui était responsable de ce qui arriverait ensuite à son ami.

Il s'efforça de rester calme. Il dissimula un peu mieux le scooter derrière l'Algeco et attendit, les yeux rivés sur la carte du GPS. Le signal clignotant indiquait toujours la même position immobile.

De longues minutes passèrent, pendant lesquelles l'inquiétude d'Arthur se transforma en angoisse. Il n'osait pas envoyer de message à Adnan, de peur de trahir leur projet. Il se contenta donc d'être patient et de faire confiance à la technologie.

Mais il se rendit vite compte que cette confiance ne devait pas être aveugle. Lorsqu'il entendit le bruit du moteur de la Volkswagen qui revenait vers lui, il regarda l'écran et constata que le traceur ne marquait aucun mouvement.

Ce n'est qu'au moment où la voiture sortit du chemin de terre et s'engagea sur le parking du collège qu'il vit le signal bouger. Il crut un instant qu'Adnan était en train d'arriver à pied, mais le point clignotant avançait beaucoup trop rapidement pour un piéton. C'est là qu'il comprit que le traceur accusait un retard de quelques secondes. À en croire l'écran, Adnan aurait dû se trouver sur le parking du collège, devant lui, à cet instant précis. Il était donc dans la voiture qui venait de passer ! Probablement dans le coffre, puisque Arthur ne l'avait pas vu à l'arrière du véhicule.

Il démarra et s'élança à la poursuite de la Volkswagen. Adnan lui avait demandé de les suivre sans se faire repérer ; il ne devait jamais se trouver dans l'axe direct de leur rétroviseur... Mais il ne fallait pas non plus les laisser sortir du périmètre du radar.

Une voiture peut rouler plus vite qu'un scooter, mais pas en ville. Arthur les rattrapa au premier feu rouge.

Dès qu'il les eut en ligne de mire, il s'arrêta et les laissa gagner un peu de terrain.

Les agents de Bachar roulaient en direction du centre-ville. Heureusement, parce que, s'ils avaient pris la rocade et étaient sortis de Toulouse, il n'aurait pas pu les suivre très longtemps.

Il aurait voulu appeler le commissaire Bardouil ; c'est ce qu'il devait faire, à présent. Mais il lui était difficile de gérer le GPS, le scooter et de téléphoner en même temps. Il se rapprocha suffisamment pour pouvoir lire la plaque d'immatriculation, au cas où, et reprit du champ. Au moins, les flics pourraient les retrouver.

Après avoir passé les Minimes, ils empruntèrent l'avenue Honoré-Serres. Arthur connaissait le trajet par cœur, ils étaient à deux pas de chez lui.

Une fois à Arnaud-Bernard, ils s'engagèrent sur les boulevards, qu'ils remontèrent jusqu'à Jean-Jaurès. Le trafic était si dense qu'il était facile pour Arthur de passer inaperçu.

Ils poursuivirent sur le boulevard Carnot jusqu'au monument aux morts. Arthur ne venait pas souvent par ici, mais il reconnut le Grand-Rond, puis le quai des Savoirs et le Muséum d'histoire naturelle, où ses parents l'avaient emmené plusieurs fois.

D'ailleurs, c'est au niveau du musée que la Volkswagen tourna à droite. Elle remonta la rue Ozenne et s'engouffra dans le parking des Carmes. Arthur hésita : un scooter dans un parking payant ? Pas très discret.

Il décida d'attendre prudemment au pied du bâtiment, noyé dans la foule des nombreuses terrasses de cafés et restaurants de la place.

21

Arthur profita de cette pause pour passer le coup de fil qu'il redoutait tant : il ne connaissait pas le commissaire Bardouil, mais il imaginait sans trop de difficultés sa réaction : il n'allait pas être content d'apprendre qu'Adnan avait bravé l'interdiction de sortir de chez les Hacquard et pris de telles initiatives. Cependant, il allait être obligé de lui porter secours ; et, s'il était comme ses parents, il n'apprécierait pas d'être mis devant le fait accompli. Les adultes détestaient cela !

Le chef de la Sécurité intérieure sur la région toulousaine prit l'appel dès la première sonnerie.

– Qui êtes-vous ? Comment avez-vous eu ce numéro ? dit-il sans préambule.

Arthur, déstabilisé par l'âpreté du ton, bégaya :

– A... Arthur Hacquard.

Silence à l'autre bout du fil ; le commissaire Bardouil essayait de mettre un visage sur le nom.

– Je suis le fils de monsieur et madame Hacquard. C'est nous qui hébergeons Adnan Karsmalli… Enfin, Beltoja…

– Que lui est-il arrivé ?

La mémoire était revenue au commissaire, et il avait aussitôt compris que l'appel n'était pas de bon augure.

– Il faut que vous veniez, vite.

– Que s'est-il passé ?

– Adnan est entre les mains des deux hommes, ceux de la Volkswagen blanche.

Nouveau temps de réflexion.

– Où sont-ils ?

– Aux Carmes. Dans le parking.

– Et toi ?

– Au pied du parking. Je suis à scooter, j'ai suivi Adnan avec un traceur.

– Un traceur ?

– Un transpondeur GPS.

Silence à l'autre bout du fil, puis :

– Vous avez tendu un piège aux agresseurs ? C'est ça que je dois en déduire ?

– Adnan était persuadé que c'était le seul moyen de les arrêter.

– Sa mère est au courant ?

– Non. Mes parents non plus. Je suis seul, et Adnan est entre leurs mains.

Le commissaire se tut pendant encore quelques secondes. Puis Arthur l'entendit parler à quelqu'un.

– Arthur ? Tu es toujours là ?

– Oui.

– Le transpondeur, c'est quel genre de matériel ?

– Je ne sais pas. Adnan l'a commandé sur Internet. On l'a reçu par la poste.

– Je veux dire, est-ce que c'est un moniteur à part ou tu utilises une application de ton smartphone pour suivre le traceur ?

– Une appli.

– Bien. Tu as dû rentrer un numéro d'identification du traceur pour installer l'appli.

– Oui, mais je ne me rappelle pas...

– Le numéro est visible quand tu ouvres l'application, dans *Informations*. Regarde et dis-moi.

– Attendez, ne quittez pas.

Arthur alla dans le dossier en question et lut la série de chiffres et de lettres à voix haute à l'intention du commissaire. Celui-ci répéta après lui pour confirmation et déclara avant de raccrocher :

– Ne bouge pas. On arrive.

Le ton martial du policier contrastait avec celui, presque geignard, de l'adolescent. Arthur s'attendait à se faire engueuler. Au lieu de cela, le commissaire s'était contenté de poser froidement des questions. C'était pire, parce que cela signifiait que la situation était plus grave qu'il ne l'avait imaginé.

Des minutes qui parurent des heures s'écoulèrent. Il en avait mal aux yeux, à force de fixer le point rouge sur la carte, toujours au même endroit, comme mort.

Puis il se remit à clignoter, sans pour autant changer de position. Pas de commissaire Bardouil en vue. Arthur paniqua. Il appuya sur la touche *Rappel.*

– Arthur. Du nouveau ?

– Le signal, il bouge ! Ils sont en mouvement...

– Je sais. Nous le captons aussi. Tu n'as pas à t'inquiéter, nous serons là dans... deux minutes.

– Qu'est-ce que je fais ?

– Surtout, tu restes où tu es. Tu m'entends ? Je ne veux pas que tu les suives.

– Mais ils vont sortir, là !

– On s'en occupe, je te dis. Tu ne bouges pas, tu n'interviens pas, tu te tiens en dehors de ça ! Tu m'as compris ?

Par réflexe, bien qu'il soit à une cinquantaine de mètres de la sortie du parking, Arthur parla à voix basse :

– Il y a une voiture qui sort, mais ce n'est pas la Volkswagen blanche, c'est un Citroën noir, un monospace...

– Un Picasso ?

– Le signal indique qu'Adnan est dedans...

– Ils ont dû changer de véhicule. Tu me confirmes que c'est un Picasso noir ?

– Oui.

– Relève l'immatriculation, si tu peux.

– Non, ils sont déjà... Ils ont pris la rue vers... J'y vais ! Je les suis !

– NON ! Je te l'interdis ! Nous avons le signal, je te dis. Nous les prenons en chasse. Je veux que tu rentres chez toi, tu m'entends ?

– Mais...

– C'est un ordre, Arthur. Dis-moi que tu as bien compris, sinon j'envoie une patrouille et tu auras affaire à moi.

Arthur avait déjà mis son scooter en route. D'un côté, il avait l'impression d'abandonner Adnan. D'un autre, il était soulagé que la police prenne le relais ; il n'était plus seul responsable de la vie de son ami. Il soupira et dit :

– Oui, j'ai compris.

Le commissaire raccrocha et Arthur coupa le moteur de son deux-roues, incapable de se résoudre à rentrer chez lui comme si de rien n'était.

Il ne pourrait pas rester là éternellement, il en était conscient. C'était inutile, cela aussi il le savait. Mais, pour l'instant, un sentiment de culpabilité l'empêchait d'agir autrement.

22

Dix minutes passèrent. Arthur contemplait le spectacle de la rue, celui des passants qui allaient et venaient autour de la place des Carmes, entraient et sortaient des bars et des commerces. Toulouse un samedi après-midi.

Il faisait froid mais beau ; la journée avait un avant-goût de printemps ; les gens en profitaient. Une forte odeur de fèves torréfiées émanait du café italien devant lequel il était stationné.

Pendant ce temps, Adnan était enfermé dans le coffre d'une voiture et roulait vers une destination inconnue.

Arthur eut envie de pleurer. Tout était sa faute. Jamais il n'aurait dû écouter les inepties d'Adnan, encore moins se laisser embarquer dans cette galère. Il aurait dû prévenir ses parents, ou la police. Comment deux idiots comme Adnan et lui avaient pu imaginer tromper des agents gouvernementaux, des adultes aguerris et armés ?

Il se leva... et se rassit aussitôt. Au coin du marché des Carmes, l'un des deux hommes qui avaient enlevé Adnan apparut. Il était à pied et seul, mais c'était bien lui. Pas le conducteur, l'autre, le passager, avec le crâne rasé. Arthur se fit tout petit sur le trottoir, contre son scooter.

Le type jetait des coups d'œil méfiants à droite et à gauche. Il longea la halle jusqu'à l'angle de la rue Pharaon, scruta les abords de la place et revint sur ses pas. Il passa à quelques mètres d'Arthur, dans son dos. Celui-ci fit semblant d'être occupé à rédiger un texto. En fait, il était bel et bien en train d'en écrire un à l'intention du commissaire Bardouil : L'un des deux types est là.

L'homme sortit un téléphone portable et prononça quelques mots en arabe avant de reprendre sa surveillance de la rue.

Arthur allait appuyer sur la touche d'envoi, lorsqu'il vit une Rover vert foncé sortir du parking municipal et s'arrêter dans la rue, au niveau du Syrien. Il ne pouvait distinguer le visage du conducteur, mais il avait une tignasse frisée. Ça collait !

Son complice jeta un dernier coup d'œil circulaire avant de monter, puis la voiture démarra en trombe.

Arthur ajouta une deuxième partie à son message : Ils sont dans une Rover verte, ils viennent de quitter le parking, je les suis.

Comme les pièces d'un puzzle, tout s'agençait dans l'esprit d'Arthur : les agents de Bachar avaient trouvé le traceur et s'en étaient débarrassés en le déposant dans le premier véhicule qui passait, un Picasso noir. Puis ils avaient troqué la Volkswagen pour une Rover, dans laquelle ils avaient transvasé Adnan. Le Picasso était vide, les flics couraient après le mauvais lièvre. Arthur en était convaincu, même s'il ignorait pour l'instant comment ils avaient réussi à repérer le traceur.

Il était donc le seul à pouvoir voler au secours d'Adnan !

Il lança le scooter à leur poursuite, mais la conduite des malfaiteurs avait changé du tout au tout. Alors qu'ils avaient pris garde de respecter les limitations de vitesse et les feux de circulation pour se rendre jusqu'au parking, ils roulaient à présent à tombeau ouvert.

Ils prirent un sens interdit et descendirent la rue Ozenne à toute allure. Arthur s'efforça de les suivre mais, avant qu'ils ne parviennent à Saint-Michel, ils l'avaient déjà presque semé.

Par chance, le trafic était dense, et la Rover fut contrainte par les véhicules devant elle de s'arrêter à un feu rouge.

Arthur gagnait du terrain, il n'était plus qu'à une centaine de mètres. Mais le feu passa au vert, et le trafic reprit son cours.

À cet instant précis, il sut que c'était fichu, la rocade n'était pas loin, une fois que les ravisseurs d'Adnan l'auraient empruntée, il n'arriverait pas à rester dans leur sillage. Même s'il parvenait à relever le numéro d'immatriculation, qu'est-ce que ça changerait au sort de son ami ? La Rover était certainement volée, et il y avait de grandes chances pour qu'ils la remplacent par un autre véhicule volé. Sans traceur, impossible de savoir où ils allaient.

Il aperçut une voiture de police stationnée devant le tribunal de grande instance, au niveau du feu rouge. En une fraction de seconde, comme dans une séquence de film au ralenti, il prit une décision radicale, qui aurait des conséquences radicalement positives ou radicalement catastrophiques.

23

Le lieutenant Salem n'avait aucune difficulté à suivre le Picasso ; celui-ci respectait les limitations de vitesse et ne commettait aucune infraction... Ce qui est typique de quelqu'un qui a des choses à se reprocher et veut éviter d'attirer l'attention des forces de l'ordre. Ne pas risquer de faire capoter un enlèvement pour un simple contrôle d'identité.

Par moments, le lieutenant Salem le rattrapait presque malgré lui. Le commissaire lui demandait alors de lever le pied parce qu'il ne voulait prendre aucun risque ; puisque le traceur fonctionnait parfaitement, autant en profiter.

Les ravisseurs s'engagèrent sur la rocade, en direction du sud-est.

– Je vous parie qu'ils foutent le camp en Espagne, dit le lieutenant à son chef.

– Si c'est le cas, il faudra qu'on les tape avant qu'ils passent la frontière.

– Seuls ?

– Non ! On fera en sorte d'obtenir le soutien des douanes et de la gendarmerie de là-bas.

Mais, à leur grande surprise, le Picasso ne continua pas en direction du péage ; il sortit au niveau de Ramonville, dans la banlieue de Toulouse.

Salem et Bardouil se dévisagèrent.

– Vous croyez qu'ils passent par les nationales pour éviter les barrages ?

– Soit ça, soit ils ont une planque.

Le point rouge clignotait toujours en direction du sud-est. Il traversa Ramonville, Auzeville-Tolosane et sortit de la route nationale au niveau de Castanet. Les policiers gardaient une distance de sécurité, se tenant à quelque trois cents mètres de leur cible. Ils l'avaient parfois en visuel, mais jamais sans qu'il y ait moins d'une dizaine de voitures entre elle et eux.

Le Picasso emprunta une série de ronds-points, puis une rue résidentielle, au niveau d'un supermarché et d'une station-service. Il marqua un arrêt à hauteur d'une villa, et les policiers le virent entrer dans un garage dont le portail automatique se referma derrière lui.

Les policiers firent un premier passage pour noter le numéro de la maison et effectuer un repérage sommaire des lieux. Le lieutenant Salem désigna la villa du menton.

– Regardez. Les volets au premier étage.

La chambre du haut était fermée. Cela ne voulait rien dire mais, au lieu de se garer dans la rue ou dans l'allée, la voiture était entrée directement dans le garage, qui lui-même était attenant à la maison. Si quelqu'un avait voulu transférer un otage en toute discrétion, il ne s'y serait pas pris autrement.

Le lieutenant Salem fit demi-tour au rond-point suivant et se gara à une centaine de mètres.

– Qu'est-ce qu'on fait ? demanda-t-il à Bardouil.

Le signal rouge ne bougeait plus. Le commissaire le contemplait tout en réfléchissant.

– On va commencer par se renseigner sur les propriétaires de la maison. Appelle Pavan, qu'il fasse les recherches nécessaires : cadastre, mairie, gendarmerie locale... tout le toutim. Taxe d'habitation aussi ; il y a peut-être des locataires dans les murs. Et dis-lui aussi d'envoyer une équipe au parking des Carmes, qu'ils localisent et isolent la Volkswagen blanche. Moi, j'appelle le taulier. On ne rentre pas seuls là-dedans. Il faut voir avec qui on coordonne l'opération.

– On n’attend pas un peu d’abord, histoire de voir si ça bouge ?

Bardouil fit non de la tête.

– Trop risqué. Je n’ai pas envie de jouer avec la vie du gamin.

Ramener le jeune Syrien vivant était la priorité du commissaire. Autant on lui pardonnerait d’avoir laissé filer deux Syriens peu recommandables, autant il finirait sa carrière dans la Creuse s’il arrivait quoi que ce soit au fils d’une informatrice tombé entre leurs mains.

Bardouil allait appuyer sur la touche *Appel* lorsqu’il reçut un texto d’Arthur Hacquard disant : L’un des deux types est là. Ils sont dans une Rover verte, ils viennent de quitter le parking, je les suis.

– Qu’est-ce que c’est que ce bordel ?

Le lieutenant Salem regarda son supérieur de côté. Celui-ci jurait rarement.

– Le gamin, Arthur Hacquard… il prétend qu’il est en train de suivre les ravisseurs.

– Qui est-ce qu’on a suivi, nous, alors ?

Le commissaire ne répondit pas, mais son cerveau fonctionnait à toute vitesse : soit les ravisseurs avaient des complices, auquel cas Adnan Beltoja était bien dans le Picasso noir, et donc dans cette villa ; soit ils leur avaient fait un tour de passe-passe, et le Picasso n'était qu'un leurre.

« Tant pis », dit-il pour lui-même.

Il mit son brassard de police, arma son pistolet et sortit de la voiture.

Le sang du lieutenant Salem ne fit qu'un tour. Cette fois, c'était pour de bon, le commissaire ne plaisantait pas.

– On n'attend pas les renforts ?

Le commissaire claqua sa portière.

– Pas le temps.

Il traversait déjà la rue en direction du porche de la villa.

24

Il y a de nombreuses raisons qui peuvent expliquer qu'un garçon de seize ans pleure.

La peur en est une. Pas tant la peur de mourir que celle de souffrir. Adnan essayait de calmer sa respiration en réfléchissant de façon cartésienne : il n'y avait aucune raison pour qu'on s'en prenne à lui. Le tuer ou même le torturer ne leur serait d'aucune utilité : il ne savait rien. Au contraire, ils avaient tout intérêt à le garder en bonne santé pour l'échanger contre sa mère.

Une peur plus grande encore le saisit : à cause de lui, ils allaient pouvoir l'atteindre. Car elle se livrerait pour qu'il vive. Elle donnerait sa vie en échange de la sienne.

La honte aussi peut faire pleurer, quand on a été assez présomptueux pour croire qu'à seize ans, avec l'aide d'un ami, on est plus malin que des tueurs professionnels.

Et que dire de la colère qui vous envahit lorsqu'on se retrouve dans une telle posture, à l'intérieur d'un coffre de voiture, rappelé à la réalité de sa bêtise et de sa naïveté ?

L'humiliation également, ressentie au moment où les agents de Bachar el-Assad, en quelques clics, avaient ouvert tous les textos contenus dans son téléphone portable et étaient tombés sur la conversation entre Arthur et lui. Ils en avaient déduit l'existence d'un traceur, avaient fouillé le jeune Syrien et trouvé l'émetteur.

La rage enfin, lorsque, dans le parking des Carmes, ses ravisseurs avaient éclaté de rire en découvrant l'émetteur caché dans sa chaussette et l'avaient coincé entre le pare-brise et l'essuie-glace arrière d'un Picasso noir, au moment où sa propriétaire tournait la clef dans le contact.

Peur, honte, rage... Adnan pleurait pour un peu toutes ces raisons à la fois.

Il fut bousculé de gauche à droite, d'avant en arrière. La voiture marqua des arrêts brusques et des départs énervés, des coups de frein et d'accélérateur.

Où l'emmenaient-ils ?

Il y eut un freinage brutal. Puis un arrêt. Adnan pouvait entendre le bruit d'autres moteurs, de part et d'autre. Un feu rouge ? Il aurait voulu appeler à l'aide, mais le chauve l'avait bâillonné et lui avait attaché les poignets dans le dos. Alors il essaya tant bien que mal d'envoyer des coups de pied dans la carrosserie, sans grand effet. L'intérieur était moquetté et le revêtement assourdissait tout.

La voiture redémarra, parcourut quelques mètres, commençait à peine à s'élancer lorsqu'un choc violent projeta Adnan contre le côté gauche. Il eut la sensation que la voiture se soulevait puis retombait sur place. Sa tête heurta quelque chose de métallique, peut-être le cric.

Il était sonné mais ne perdit pas connaissance. Ainsi, il put percevoir des cris, sans comprendre ce qui se disait. Puis d'autres cris, plus distincts, en arabe, auxquels répondirent des sommations, en français.

Plus rien pendant quelques minutes. Que des klaxons rageurs au loin. Des sirènes, encore plus loin. Des voix, toujours. Les mêmes que tout à l'heure, mais moins fortes. Pas calmes pour autant. Adnan frappa le coffre avec ses genoux à plusieurs reprises.

L'avait-on enfin entendu ? Quelqu'un était en train d'ouvrir le hayon.

Un souffle frais l'enveloppa. Il réalisa qu'il était en nage. Ses yeux mirent quelques secondes à s'adapter à la luminosité extérieure. Enfin, il distingua une silhouette qui pointait une arme dans sa direction.

25

Madame Tran Dhuc ne comprit pas ce qui se passait, ni ce qu'on lui reprochait. Les explications du policier qui venait de se présenter à sa porte étaient confuses, mais sa détermination et l'inquiétude qui se lisaient sur son visage la convainquirent de le laisser entrer comme il le demandait.

Elle n'avait rien à cacher. Dès qu'elle entendit « un garçon de seize ans a disparu », elle s'écarta pour libérer le passage. Elle-même avait des enfants, elle concevait que la police s'affranchisse de certaines procédures administratives, si ça pouvait sauver une vie.

L'homme qui l'accompagnait était plus jeune mais également plus poli. Il la remercia, bien qu'il lui demande de s'asseoir dans le canapé et de n'en plus bouger. Il rengaina le pistolet qu'il tenait à la main, mais il ne faisait aucun doute que madame Tran Dhuc était désormais sous sa garde.

Le commissaire fit un rapide tour de la maison, puis passa dans le garage où il resta un peu plus longtemps.

Il en revint avec une espèce de patch entre son pouce et son index.

– C'était coincé sous l'essuie-glace arrière, dit-il à Salem, la mine décomposée.

Celui-ci s'approcha et observa le carré cartonné qui enserrait un circuit électronique.

– Merde, le traceur.

– Qu'est-ce que c'est ? demanda madame Tran Dhuc.

Le commissaire lui répondit par une autre question :

– Au moment de partir du parking des Carmes, est-ce que vous avez remarqué deux hommes, dans une Volkswagen blanche... ? Deux individus de type arabe, l'un rasé, l'autre avec les cheveux très longs ?

Madame Tran Dhuc aurait voulu savoir de quoi il retournait, ce que tout cela signifiait, mais le policier n'avait visiblement pas la patience de lui fournir des explications.

– Je ne sais pas quel modèle de voiture ils avaient, mais je me souviens de deux messieurs, des Maghrébins, en effet. J'avoue que j'ai eu un peu peur en arrivant dans le parking, parce qu'ils étaient garés à côté de moi, et... Vous savez, avec ce qui se passe, de nos jours...

Elle jeta un coup d'œil honteux au lieutenant Salem, dont le teint clair et les yeux gris ne parvenaient pas à faire complètement oublier des origines libanaises. Il ne releva pas. Il avait baissé les bras et ne faisait plus cas de ce qu'il appelait le racisme ordinaire ignorant.

– Vous avez une pièce d'identité ? demanda le commissaire.

– Euh, oui.

Elle fouilla nerveusement dans son sac à main et lui tendit sa carte d'identité. Il la prit et la photographia, recto et verso, puis la lui rendit.

– Vous restez à la disposition des autorités jusqu'à nouvel ordre.

– Mais de quoi s'agit-il ? De quoi m'accuse-t-on ?

– De rien. Mais vous serez probablement amenée à témoigner.

– Témoigner de quoi ?

– Je ne peux pas vous en dire davantage pour l'instant. Salem, on y va. Au revoir, madame, désolé pour le dérangement.

Le lieutenant Salem fit une espèce de salut à l'américaine et le suivit à l'extérieur.

Les deux hommes regagnèrent leur véhicule au petit trot.

– On est dans la mouise, dit le commissaire, confirmant le diagnostic auquel le lieutenant Salem était déjà parvenu.

Bardouil se rappela le texto d'Arthur Hacquard, chercha son portable dans la poche de son pantalon, se souvint qu'il l'avait laissé dans la boîte à gants. Il n'y avait plus qu'à espérer que le gamin avait réussi à suivre la Rover verte.

Il activa l'écran de son portable et découvrit un appel manqué pendant qu'ils étaient chez madame Tran Dhuc et un SMS, tous deux de Talon, au commissariat : On a retrouvé le gamin. Sain et sauf. Il est aux Remparts.

Le commissaire s'immobilisa et laissa sa tête tomber contre le volant.

– Qu'est-ce qui se passe ? demanda Salem, incapable de dire si l'attitude de son supérieur était de bon ou mauvais augure.

Bardouil se redressa. Il poussa un long soupir de soulagement. Il tendit le téléphone à Salem pour qu'il lise lui-même la bonne nouvelle. Avant de mettre le contact, il dit à son subalterne :

– Et arrête de faire ça.

– Quoi ?

– Le salut militaire à des civils. On est à la DGSI, pas chez les GI Joe.

26

Arthur ne réfléchit pas. S'il avait pris le temps d'évaluer le rapport entre les risques encourus et ses chances de réussite, il n'aurait certainement pas agi de la sorte. Il ne pensa qu'à Adnan. C'était son ami, là, dans ce coffre, et c'était probablement la seule et dernière occasion qu'il aurait de le sauver. Il allait se blesser, mais ça pouvait marcher. Et puis Adnan en aurait fait autant pour lui.

Quand la Rover redémarra, il emprunta la voie de bus, sur la droite, et il tourna la poignée d'accélérateur pour prendre un maximum d'élan. Lorsque les ravisseurs furent au niveau de la voiture de police, il fonça droit sur leur voiture. Il visa l'espace sous le train avant de la voiture afin d'en bloquer la roue. Juste avant que le scooter ne percute la Rover, Arthur se pencha sur le côté pour coucher le deux-roues qui se ficha, comme il l'avait espéré, sous le châssis.

Il y eut un énorme bruit de tôle, et la voiture s'immobilisa. Arthur buta contre le scooter, fut projeté et rebondit contre l'aile avant de la Rover. Il fit un vol plané et finit sa course à plat ventre sur le passage pour piétons.

Malgré une violente douleur au flanc, il essaya de se relever immédiatement, trop effrayé à l'idée que les Syriens lui roulent dessus. Mais, déjà, un policier courait dans sa direction, lui ordonnant de ne surtout pas bouger.

En même temps, les deux Syriens sortirent côté conducteur, car le scooter bloquait l'ouverture de la portière de droite. Le deuxième policier, qui venait vers eux pour s'assurer qu'ils n'avaient rien, se figea de surprise lorsque le conducteur se mit à courir en criant en arabe à l'intention de son complice.

Conditionné par des mois d'état d'urgence et de plan Sentinelle, il dégaina son arme et hurla « Halte ou je tire », croyant avoir affaire à deux terroristes. Son collègue se releva, sortit son pistolet à son tour et fit de même.

Il y eut un mouvement de panique parmi les passants. Certains automobilistes plongèrent entre leurs sièges, d'autres s'en éjectèrent et abandonnèrent leur véhicule sur place.

Les deux Syriens n'opposèrent pas de résistance et, une fois qu'ils furent menottés, les policiers appelèrent une ambulance pour Arthur et des renforts pour rétablir la circulation. Enfin, ils ouvrirent le coffre de la voiture, comme le leur demandait Arthur depuis un moment.

Celui-ci avait beau leur dire que son ami était inoffensif et qu'il avait été victime d'un enlèvement, les policiers firent preuve d'une extrême prudence, l'un pointant le canon de son pistolet en direction du coffre pendant que l'autre en soulevait le hayon.

– Bon sang ! laissa échapper le premier en découvrant un jeune homme, en larmes, pieds et poings liés, aveuglé par la lumière, hurlant de terreur dans son bâillon.

27

— Qu'est-ce qui vous a pris ? Non mais, qu'est-ce qui vous a pris ?

Une véritable cour martiale était réunie devant Arthur et Adnan, au premier rang de laquelle se trouvaient Nooda et les parents d'Arthur. Venaient ensuite le commissaire Bardouil et Christian qui, en tant que médecin, avait été autorisé à être présent, officiellement pour assurer le lien entre le personnel soignant et les familles des patients.

À la demande du commissaire Bardouil, les deux adolescents avaient été placés en observation dans la même chambre d'hôpital.

Une fois rassurés sur leur état de santé – trois côtes fêlées pour Arthur et une bosse pour Adnan –, les adultes les prirent entre non pas quatre, mais quatorze yeux, et firent ce que les parents font de mieux une fois leur peur retombée : ils laissèrent exploser leur colère.

– Qu'est-ce qui vous est passé par la tête ? insista Étienne, qui ne se contentait pas de la stratégie du repentir par le silence pour laquelle son fils avait opté.

– C'est ma faute, gémit Adnan. Arthur n'était pas d'accord. Il a cherché à me dissuader, mais je l'ai obligé à m'aider.

– Qu'est-ce que tu croyais, pauvre imbécile !? renchérit sa mère. Tu pensais t'en sortir face à des tueurs professionnels ? Les prisons et les cimetières en Syrie sont pleins d'opposants au régime. Tu croyais pouvoir faire arrêter des agents secrets tout seul, du haut de tes seize ans ?

Nooda s'était exprimée en arabe, mais tout le monde avait compris la teneur de sa tirade.

Adnan baissa la tête. Sa mère ne l'avait jamais insulté, mais il le méritait. Cela ne l'empêcha pas de répondre :

– Ben, j'ai réussi, en fait.

– Tu as tout gâché, oui ! lâcha-t-elle en français.

Adnan releva le menton, pas sûr de saisir le sens de cette dernière accusation.

Sa mère soupira et se tourna vers le commissaire. Celui-ci parut embarrassé. Il s'éclaircit la gorge avant de parler :

– Les deux agents du gouvernement syrien nous étaient plus utiles dehors que derrière les barreaux. Ils seront inculpés pour tentative de meurtre et enlèvement, mais nous n'obtiendrons plus d'informations de leur part ; alors que, tant qu'ils étaient libres de leurs mouvements, nous pouvions les surveiller, les écouter, voir avec qui ils communiquaient et par quels canaux...

Un silence général se fit dans la pièce.

– Mais alors... ?

Étienne et Mireille commençaient à comprendre. Adnan et Arthur aussi. Ils se tournèrent vers Nooda, mais celle-ci fuyait leurs regards.

– Vous les connaissiez ?

– Oui, répondit le commissaire. Grâce à ta maman. Nous savions qu'un opposant au régime de Bachar œuvrait pour nous au sein de la communauté syrienne de Toulouse. Nous recevions des informations sur les réfugiés qui arrivaient, ceux qui appartenaient au gouvernement, ceux qui avaient combattu pour Daesh, ceux qui en faisaient encore partie... Nous pouvions alors les surveiller et étudier leurs faits et gestes, et collecter un tas d'informations très utiles. Mais nous ignorions l'identité de notre informateur. Il préférait demeurer anonyme, par souci de sécurité.

– Et cet « agent infiltré »... ?

– C'était ta mère. Après ce qui lui est arrivé, elle a compris que sa couverture était grillée, comme on dit dans notre jargon. Elle a eu peur pour vos vies et elle est sortie de l'anonymat pour solliciter notre aide.

– Ça veut dire que… tu nous as menti ? dit Adnan.

– Pas *menti*, se défendit Nooda. Je ne pouvais pas vous mettre au courant de mes activités. Le secret est la clef de la réussite dans ce genre d'entreprise.

– Entreprise ? Je suis ton fils ! Ton fils ! Tu travaillais pour la police française et tu ne m'en as rien dit ?

– Je ne travaillais pas pour la police. Je leur communiquais des renseignements. En tant que réfugiée syrienne, j'étais bien placée pour…

– Tu m'as laissé m'inquiéter pendant deux jours après l'attaque de la caravane, alors que tu étais en sécurité ?

– J'ai dû fuir en pleine nuit. J'ai paré au plus pressé. Je me suis mise en rapport avec le commissaire Bardouil, qui était mon référent à la DGSI, et j'ai demandé sa protection.

– Mais pourquoi avoir disparu pendant deux jours ?

– Parce que je devais vérifier son identité, dit le commissaire. Et si elle était ce qu'elle prétendait être. Il y avait des tas de renseignements et de données à contrôler et sécuriser avant de la laisser reprendre contact avec l'extérieur. C'est la procédure.

Arthur ne savait que penser. Étienne, Mireille et Christian n'en revenaient pas. Adnan, lui, ne décolérait pas.

– Ta maman a fait preuve d'un courage héroïque, nous ne sommes pas là pour faire son procès, ajouta le commissaire, que l'attitude d'Adnan commençait à agacer. N'inversons pas les rôles. Ce que vous avez fait était complètement irresponsable, vous auriez pu y rester tous les deux.

– Si vous nous aviez dit la vérité, tout ceci ne serait pas arrivé, rétorqua Adnan, bien décidé à ne pas se laisser rabattre le caquet. Sans compter que c'est grâce à Arthur si je m'en suis sorti, pas grâce à vous.

– Bon. Peut-être que nous pourrions reprendre cette conversation plus tard, proposa Étienne pour apaiser les esprits. Tout le monde a été éprouvé.

Le commissaire se décolla du mur auquel il était adossé.

– Vous avez raison. Mais, quoi qu'il en soit, je devrai les entendre, l'un et l'autre. Je vous demanderai de passer rue du Rempart-Saint-Étienne dès demain.

Sur ce, il quitta la chambre d'Arthur et Adnan en lançant un salut général.

Dès qu'ils furent entre eux, un silence embarrassé se fit.

Nooda et Mireille bouillaient intérieurement. Encore choquées par ce qui était arrivé à leurs enfants, effrayées par la façon dont les événements auraient pu se terminer, elles rongeaient leur frein pour ne pas continuer la litanie de reproches. Elles avaient envie de faire ravaler leur morgue aux deux apprentis sorciers qui avaient eu l'impudence de répondre au commissaire au lieu de faire profil bas.

Mais ce qu'avait suggéré Étienne était la voix de la raison ; elles se turent donc, préférant quitter la chambre en attendant que le médecin de garde signe le bon de sortie des deux garçons.

– Je vais prendre un café en bas, dit Nooda. Tu m'accompagnes, Mireille ?

– D'accord. Étienne, Christian, vous venez ?

Le père d'Arthur hésita. Il avait envie de rester, mais ne voulait pas laisser penser à son épouse qu'il se désolidarisait d'elle.

– J'arrive, dit-il.

Elles sortirent. Étienne contempla son fils, puis Adnan. Il hocha la tête. Arthur, se méprenant sur la signification de son geste, haussa les épaules et adopta un ton bravache.

– Quoi ?

Son père sourit et dit :

– Moi, je dis bravo.

– Quoi ?

Cette fois, c'était un « Quoi ? » médusé.

– Il fallait avoir un sacré courage pour faire ce que vous avez fait.

Arthur, bouche bée, se demanda si son père se moquait de lui. Mais non, il le regardait avec un mélange d'admiration et de fierté. C'était la première fois de sa vie qu'il avait une telle expression dans les yeux.

– Il n'empêche, c'est vrai que c'était n'importe quoi.

Sur ce, il leur fit un clin d'œil et sortit à son tour.

Christian approuvait en silence. Lui aussi semblait repenser à l'exploit des deux garçons mais, lorsqu'il fut seul avec eux, il considéra Adnan et dit, rêveur, comme s'il parlait pour lui-même :

– Une espionne ! Tout de même ! Quelle femme !

Six mois plus tard

Adnan insista pour que les deux policiers qui l'avaient libéré du coffre de la Rover soient invités au mariage.

Le commissaire Bardouil et le lieutenant Salem étaient également présents lors de la cérémonie à la mairie de Toulouse. Cette invitation, de la part d'une ancienne informatrice, était une première en quinze ans de carrière pour le commissaire.

Pour le médecin aussi, ce mariage était une première en quarante-cinq ans de célibat ! À l'heure où tout le monde se mariait et divorçait comme on changeait de chemise, il avait toujours refusé de faire le moindre compromis avec son idéal romantique : ce serait le grand amour unique ou ce serait *rien* !

Jusque-là, ça avait été *rien*. Quelques aventures sans conséquences, ici ou là... Jamais au point de présenter l'élue de son cœur à ses amis.

Pour l'adjoint au maire de Toulouse qui officiait ce jour-là, ce fut aussi le premier mariage franco-syrien. Il s'acquitta de sa tâche d'officier d'état civil sans faillir, mais ne chercha pas à dissimuler sa conviction, malgré la présence de policiers parmi les invités, qu'il s'agissait d'un mariage blanc. Après la signature du registre par les témoins, il s'éclipsa sans même saluer les époux.

Bien entendu, Mireille et Étienne furent les témoins de Nooda pour la première et de Christian pour le second.

Adnan et Arthur tinrent le rôle de garçons d'honneur. Bientôt, Adnan pourrait s'inscrire au lycée Bellevue sous le nom de Zamparutti, puisque Christian avait proposé de l'adopter. Le jeune homme avait donné son accord, et sa mère sa bénédiction. Elle retrouvait un mari et son fils un beau-père, même si Christian ne lui ferait jamais oublier le père d'Adnan.

Ils allaient enfin pouvoir vivre normalement ; bien que tout contact avec la communauté syrienne leur ait été déconseillé, au moins pendant quelque temps.

Ils auraient préféré conserver leur patronyme, Beltoja, mais pour des raisons de sécurité, on leur recommanda d'en changer.

Peu de temps après la résolution de l'affaire et l'emprisonnement des agents syriens, ils obtinrent une nouvelle identité, Gérault. Cependant, ce nom leur était tellement étranger que, au moment du mariage et à l'occasion de la procédure d'adoption, ils l'abandonnèrent sans regret et optèrent pour Zamparutti, un nom qui leur était donné par un homme généreux et dont les sonorités italiennes les ramenaient un peu vers les rives méditerranéennes de leur chère Syrie.

– Et puis, comme ça, au moins, tu es sûr de ne jamais passer à l'oral en classe, plaisanta Arthur le jour du mariage. Quand les profs choisissent un nom au hasard, ils ne prennent jamais le premier ni le dernier de la liste. Avec un Z comme initiale, t'es peinard.

Adnan répondit joyeusement :

– Peut-être, sauf que ça ne me fait pas peur d'être interrogé à l'oral. Je sais mes leçons, moi.

Cette fois, la tablée entière éclata de rire. Arthur envoya un coup de coude dans les côtes de son ami.

– Faux frère, grogna-t-il.

Postface
de Maram al Masri, poétesse franco-syrienne

« Il peut paraître étrange qu'un poète écrive la postface d'un roman policier. Quand on se plonge dans la lecture du roman, on comprend pourquoi.

Il est fréquent que les polars, comme les films d'action, usent et abusent de la violence, multiplient meurtres et exactions. Ici, rien de tel. Pas d'effets spéciaux, pas d'invraisemblances.

Au cœur de ce livre, une histoire d'amitié se tisse entre un jeune Français qui semble mener une vie tranquille et un jeune immigrant, en situation irrégulière.

En tant que Syrienne, je suis évidemment touchée par le sort des réfugiés, de tous les réfugiés, et bien sûr par celui des Syriens qui fuient la guerre, la violence, la destruction de leur maison et de leur vie. Et qui rencontrent en France une autre forme de violence.

Leur drame ne peut laisser aucun de nous indifférent.

Heureusement, dans la vie comme dans le roman de Benoît Séverac, l'espoir peut toujours se frayer un chemin ; car ici comme ailleurs, il y a des êtres doués de générosité et de noblesse, ce qui les pousse à aider leur prochain.

Laissez-vous aller à la lecture d'*Une caravane en hiver*, et faites confiance à votre sens de la vérité.

Il y a beaucoup de livres écrits au sujet des immigrants et des réfugiés, mais celui-ci, parce que c'est une œuvre de fiction et donc une œuvre d'art, s'adresse à l'intelligence et au cœur de tous.

Ce roman est une porte qui s'ouvre devant vous. Vous en franchirez le seuil, vous ferez la connaissance des personnages, vous vivrez avec eux, et en ressortirez un peu plus grand. »

L'auteur

Benoît Séverac est auteur de littérature noire et policière, adulte et jeunesse. Ses enquêtes reposent sur un contexte social et psychologique documenté. À chacun de ses ouvrages, un univers différent. Ses romans ont remporté de nombreux prix et certains ont été traduits aux États-Unis ou adaptés au théâtre.

Benoît Séverac collabore à divers projets mêlant littérature et arts plastiques, musique... Il prend également part à des productions cinématographiques.

Il vit à Toulouse.

Du même auteur

Pour la jeunesse, au éditions Syros

Silence, coll. « Rat noir », 2011

Prix du Polar Jeunesse francophone de Montigny-lès-Cormeilles, 2012
Prix de littérature jeunesse de Balma, 2012
Prix du salon de littérature jeunesse de Mirande, 2012
Prix de la ville de Loudéac et de la Cidéral, 2013
Prix des lycéens de Sablé-sur-Sarthe, 2013
Prix des collégiens du Territoire de Belfort, 2013
Prix Aficion'ados des Landes, 2013
Sélection officielle du prix des Incorruptibles, 2013, catégorie 3e/2nde
Prix Enlivrez-vous en mai, 2014
Prix E-polar, des lycéens de Saint-Brieuc et Lamballe (22), 2014
Prix Hafed Benotman, grand prix du roman noir collégien, 2015

Le Garçon de l'intérieur, coll. « Rat noir », 2013

Prix des lycéens professionnels du Haut-Rhin, 2014

L'Homme-qui-dessine, Hors-série, 2014

Prix Coup de cœur du salon jeunesse de Midi-Pyrénées de Saint-Orens, 2014
Prix Bermond-Boquié des internautes de la BM de Nantes, festival Atlantide, 2016

« Coup double », in *Hammett Détective*, sous la direction de Natalie Beunat, Hors-série « Rat noir », 2015

Little Sister, Hors-série, 2016

Prix Bloody Fleury des collégiens de la communauté urbaine Caen-Mer, 2017
Prix des lycéens de Rueil-Malmaison, 2017

Premier prix du jury des collégiens de Villefranche-de-Rouergue, 2017
Prix ados du festival Mauves en noir, 2017
Prix 1001 pages de Lamballe, 2017
Prix Forum Mirose 2017 des Collégiens et Lycéens (librairie Roanne)
Prix Imagin'à lire d'Epernay, 2016/2017

Pour les adultes

Arrête tes six magrets, La Baleine, coll. « Le Poulpe », 2015

On peut pas faire ça à Guy Novès, Court-circuit, 2016

115, La Manufacture de Livres, 2017

Trafics, Pocket, 2017

À paraître :

Wazházhe, Le Passage, 2018

Rendez-vous au 10 avril, Pocket, 2018

Imprimé en France par EPAC Technologies
N° d'impression : 4550414314720
Dépôt légal : mars 2018